ドアマットヒロインにはなりません。
王子の求愛お断り！

序章　自作のヒロイン転生とか、最悪である

——最悪だ。
私——クローディア・ランティコットが、自身を認識すると同時に思ったのが、この言葉であった。

◇◇◇

私は、私になる前、作家であった。

何を言っているのか分からないとは思うが、まずは聞いて欲しい。

いわゆる、前世というものだ。

私は前世、科学の発展した日本という国に生きており、そこで小説を書き、印税で暮らす生活をしていた。

著作は、数十作ほどあったし、死ぬ直前「次の初稿の〆切は来月……」と考えていた仕事人間丸出しの記憶もある。友人たちは、私のことを『一人ブラック企業』と言って本気で心配してくれて

いたが、毎日、ひたすら仕事に向かうのは、楽しみでしかなかった。

そして、私は死んだ……のだと思う。

死因はおそらく、働きすぎ。いわゆる、過労。

友人たちの忠告。そして死ぬまでにも何度か倒れていたのに、生活態度を改めず、ひたすら執筆に没頭していた罰が当たったのだろう。

健康診断にも行かなかったし、食生活もグチャグチャだった。

だって、そんなことをしている暇があるのなら、一文字でも多く書いていたかったのだ。

自業自得すぎて、昔のことを思い出せば思い出すほど、乾いた笑いしか出ない。

そして、死んでしまったことを嘆いても仕方ないから、それはもう構わないと忘れてしまうことに決めた。

問題は、そこではないのだ。

では、何が問題かというと、私が前世の記憶を持ったまま、転生をしてしまったという事実であった。

——転生。

私も何度も自作品に使った、鉄板の設定である。

ここでいう転生とは『生前の記憶を持ったまま、生まれ変わること』を意味する。

更にいえば、『異世界転生』という言葉もある。

自分が生きていた世界ではなく、異世界に生まれ変わる。

この場合の異世界とは、剣と魔法のファンタジー世界だったり、有名な漫画やゲームの世界だったりすることが多いのだが、それはひとまず置いておこう。

一番大事なのは、私がその『異世界転生』をしてしまったということなのだから。

こんなことが本当に起こるなんてと思うが、事実なのだから仕方ない。

数日前、風邪を拗《こじ》らせ、高熱を出し、ようやく回復した今日、目が覚めたら前世を思い出していたなんて、言っている自分でも信じられないが、私の中には、『私』として生きた記憶がしっかりとあるのだから、疑いようもないではないか。

ちなみに、今の私は齢十歳の少女である。

十歳の少女の中に、成人を余裕で越えた精神が宿るのだ。普通なら、前世の記憶を思い出す前の『私』なんて、簡単に洗い流されてしまうだろう。

だが、その心配をする必要はなかった。

何故なら、今世の私、クローディアには『自我』と呼べるようなものが殆《ほとん》どなかったからだ。

それは、父の公爵が（聞いて驚け。我が家は公爵家なのだ。すごいだろう。お金持ちだぞ）娘にそういう教育を施しているから。

彼女――クローディアには生まれながらにして、婚約者が存在した。

婚約者の名前は、この国、サニーウェルズ王国の王子であるシルヴィオ。

二つ年上、現在十二歳の王子が、クローディアの婚約者なのである。

クローディアは将来国王となる男に嫁ぐことがすでに決まっていた。

そんな娘に、父が施した教育が、『王子様の言うことは絶対』である。

それはどういうものかと説明するなら、王子が白と言えば、たとえ黒でも白と言い、自分が嫌いなものでも、王子が好きと言えば、本心から好きだと言える、そんな女を作り上げようというふざけた教育のこと。

王子の意思に完璧に沿うことのできる女性を王家に献上するのだ、と気勢を上げた父の傍《はた》迷惑な思いつきだった。

そのためには、どうすればいいか。

まず、娘に自由意志などあっては困る。何事にも『はい』と言える女でなければならない。

そしてそうするには、早いうちからの教育が肝心だと父は考えたのだ。

五歳頃から始められたそれは功を奏し、父の望む通り、クローディアは自由意志を殆ど持たない人形のような少女として育っていた。

——そう、つい、先ほどまでは！

長い黒髪、紫の瞳を持つ、まるでビスクドールのように美しい少女。

大人になれば、約束された時がくれば王子に差し出される、彼の全てに『はい』と頷くしとやかで従順な男の理想とされる女。

そんな女は、見事に消えた。

すっかり前世を思い出した私には当然、意思があるし、なんなら厳しい出版業界で生き残ってきたくらいだから、ちょっとやそっとじゃへこたれないガッツだって持っている。

まあ、前世は過労で死んだから、今世はそこそこ平穏な感じで長生きしたいなとは思っているが、嫌なことは嫌だと父親に言えるくらいのメンタルはあるのだ。

そんな私が、クローディアの中で目覚めてしまったものだから、さあ大変。

私は一歩も退《ひ》かない！　私には、意思があるんだ！　国王との約束だから王子との婚約は仕方ないにしても、この教育だけは受け入れられない！

父親とは教育方針を巡って、全面戦争。そしてついには勝利をもぎ取る！

戦いの火蓋は切られたのだ！

「はあ……」

……これだけで済んだのなら、どれだけ楽だったことだろう。

事態は、もっと深刻だった。

「本当に、最悪」

気づいた事実に、頭を抱える。

寝ていたベッドから起き上がり、周囲を見回した。

私が寝ていたのは、自身の寝室だった。とはいえ、私の好むものなど何一つない。

父が用意してくれた私の部屋は、公爵家らしく高級品で溢れていたが、まるで他人の家にでもいるかのように私には感じられた。

子供が好む玩具の類いなど一つもない。ここが十歳の子供部屋だと言われても誰も信じないほど無機質な場所が、私、クローディアに与えられた部屋だった。

いだけのこと。

これが子供部屋かと顔を顰《しか》めてはしまうが、これは今後、私が父と戦い、なんとかしていけばいいだけのこと。

一番の問題は、私が転生した『世界』にあった。

「クローディア・ランティコット……。聞き覚えがありすぎる」

両手で顔を覆う。

小さな紅葉のような手を見れば、自分が十歳児であることを認めざるを得なかった。

「ああ……」

がっくりとしつつ、溜息を吐《つ》く。

これが、何かの冗談や勘違いであってくれればどれほどよかったことか。

だけど私の頭は、これこそが真実なのだと先ほどから訴えているのだ。

それは何かというと――。

「自分の書いた小説世界に転生とか……誰得なのよ……！」

つまりはそういうことだった。

繰り返すが、私は前世で作家だった。

たくさん書籍化もされたし、書き下ろしも出した。

だけど、誰にだって特別思い入れのある作品というものは存在する。

それが私の場合は、ＷＥＢ投稿から書籍化された作家としてのデビュー作『ビスクドールは夢を見る』であった。

ちょうどその頃、WEBで流行《はや》っていたのが『ドアマットヒロインもの』で、私はその流れに乗っかって、書籍化に漕ぎ着けたのだ。非常にラッキーだった。

ちなみに、『ドアマットヒロイン』とは、『人に踏みつけられ続ける不憫《ふびん》なヒロイン』という意味である。

そう、とにかく不遇、不幸。ありとあらゆる災難がヒロインに降り注ぐ。

皆に好き放題踏みつけにされ、尊厳を奪われ、不幸のどん底に落とされ、耐えて耐え忍んだ先、最後の最後でようやくヒーローとハッピーエンドになる。

なんというドM！　と言いたくなるような話が、当時流行った鉄板の流れなのであるが、私の書いたヒロインもそりゃあもう、酷《ひど》かったのだ。

ヒロイン、クローディアは、己の父親に意思のない人形のような女性に育てられ、十八になった時、婚約者である王子に献上される。

王子は自分の言うこと全てに『はい』と答えるヒロインを不気味に思い、最初は彼女の意思を引き摺《ず》り出すため、途中からは悪意を持って、彼女の心を踏みにじり、傷つけるのだ。

公爵令嬢であり、婚約者であるヒロインを、己のメイドのように扱うのは序の口。なんと彼女は婚約者だから構わないだろうと、夜伽《よとぎ》まで命じられ、早々に処女を失うのだ。

これだけでも相当に酷いが、そのうちなんでも素直に頷くヒロインに飽きてしまった王子は、他の女と浮気をし始める。

そして王子は、その浮気相手の世話すらヒロインに任せるのだ。

正直言って、クズだ、クズ。

自分の意思が殆どないといっても、彼女だって生きている。

王子の全てに頷くようにと育てられているので、唯々諾々と従うが、その奥底にある王子を信じたいと思う心は傷つき、壊れかけていた。

それを側《そば》にいて、助けられないまでも、彼女を気遣っていたのが、王子の側近である騎士、ロイドだった。

ちなみに、察してくれただろうが、彼が真のヒーローである。王子ではない。

本当は、王子がヒーローの予定だったのだが、あまりにもクズすぎて、当時投稿していたサイトでの感想欄が荒れたのだ。

『これがヒーローとかあり得ない』『ロイドとくっついて』という意見多数。これにより、作者の中で、ヒーロー交代が速やかに行われた。WEB連載には時々起こる話である。

話は戻るが、そんな感じで虐げられ続けたヒロインは、最後の最後、彼女の存在が面倒になった王子にいわれのない罪を着せられ、ついには婚約破棄を告げられる。

その時には、彼女の心はすでに壊れ、それこそ物言わぬ人形のように成り果てていた。

傷心状態で、公爵家に出戻りとなったクローディア。当然ながら、家族はそんな彼女を持て余した。

王子から婚約破棄され、処女ですらない心の壊れた女。

結婚がもはや絶望的なのは間違いないし、屋敷にいられるのも困ると、クローディアは早々に修道院に送られることが決まった。

そして修道院へ向かう当日の朝。馬車に乗せられ、いよいよ出発というタイミング。

ここでようやくヒーローである騎士ロイドがやってくる。

ロイドは、王子のことは見限った、身辺整理に時間が掛かったが、彼女をもらい受けたいとクローディアの家族に訴え、許されるのだ。

騎士は、彼女の側にいるうちに、彼女を愛するようになっていた。

ロイドに愛を告げられたクローディアは、ご都合主義的に正気を取り戻し、彼の愛を受け入れる。

そこで家族も初めて、クローディアにも意思らしきものが存在したと知るのだ。

クローディアはロイドのもとで暮らし、ゆっくりとその心を癒し、最後は結婚し、子供にも恵まれ、幸せになる。

めでたし、めでたし。ハッピーエンドというわけだ。

ちなみにクズの王子だが、彼は元々執務をサボる癖があり、周囲から見放されかけていたという設定があった。

そんな彼は、国王が与えた婚約者であるヒロインを冷遇し、虐げ、最後に婚約破棄をしたことにより、完全に周囲から見捨てられた。

しかも彼の不幸はそれに留まらない。

王子は浮気相手から性病をうつされ、それが元で子を生《な》せなくなり、ついには廃嫡。

誰にも必要とされなくなった王子は、国を追われ、落ちるところまで落ち、最後は行方知れずになったのだ。

——さて。

ここまで言えば、勘の良い人なら気づいたと思う。

そう、王子は『ざまあ要員』として使われたのである。

『ざまあ』

文字通り『ざまあみろ』という意味。

散々ヒロインに対し、酷いことをしてきたキャラに、最後の最後、裁きの鉄槌《てっつい》を下すというものだ。ちなみにその報いは、当時、苛烈であればあるほど喜ばれたし、少しでも手を抜けば「生ぬるい」と読者様からお叱りがあるという恐ろしいものだった。

どこまで『ざまあ』すれば満足してくれるのか、当時の社会情勢はストレス社会といわれていたから、きっと皆、己のストレスを他人の物語にぶつけて発散していたのだろう。

——なんて恐ろしい。

人の不幸を己のストレスのはけ口にするなんて、同じ人間のすることとは思えない。

一番恐ろしいのは『人』であるということを、私もしみじみと実感したものである。

とはいえ、私もお叱りが怖くて、自分にできる限りではあるが、王子を一生懸命『ざまあ』した。

人のことは言えないのである。

同じ穴の狢《むじな》と言うなら言え。私はそれを甘んじて受け入れようではないか。

さて、そういうわけで、当時流行っていた『ドアマットヒロイン』『ざまあ要素』を私なりに取り入れた結果が、先ほどの展開だったのだが、改めて思い返してみると、我ながら酷いなとむしろ感心してしまう。

婚約者に使用人扱いされ、夜の相手をさせられて処女を失い、飽きたと言われて今度は浮気相手の世話をさせられるとか、普通ではあり得ない展開だろう。

そして、そこまでしても、最後はいわれのない罪を着せられて一方的に婚約破棄されるのだから救われない。

ヒロインの矜持《きょうじ》をこれでもかというほど踏みにじる作品である。

これも、作品を書いていた時の私が「もっと、もっとだ！　ヒロインの扱いが酷ければ酷いほど、ハッピーエンドに辿《たど》り着いた時の喜びは大きくなる！　どん底までヒロインを貶《おとし》めるのよ！」なんて傍迷惑な思考に陥っていたせいだ。

だけど、言い訳させて欲しい。

何度も言うが、その時は、それが流行だったのだ。

そして書籍化した時の加筆の際、私の担当編集も「もっと可哀想にした方がいいんじゃないですか？」と私をたきつけた。

同罪である。

「はあー……。当時の私と編集、クソか」

思い出し、昔の自分たちに暴言を吐いた。

だけど、言いたくなるのも仕方ない。

だって、私が転生したキャラは、まさにそのデビュー作『ビスクドールは夢を見る』のヒロインなのだから。

嘘だろうと言いたいが、私が作者なのだ。間違えるはずもない。

せめて普通の異世界転生ならよかったのに、自作品とか、本当に溜息しか出なかった。

何せ、ヒロインはハッピーエンドこそ約束されているものの、精神は極限まで追い詰められ、尊厳を踏みにじられ続ける運命が確定している。

そんな存在に転生して、一体誰が嬉しいというのか。

少なくとも私は全く、これっぽっちも、全然、嬉しくない。

「自分の書いた小説の、ドアマットヒロインに転生？　本当、誰得？　私、どうしてそんな訳の分からないものに転生しちゃったの？　こういう時、普通はもっと人気の、たとえばアニメ化したような大人気作品に転生しちゃうもんじゃないの？　ゲームなら、その当時、社会現象になったやつとか。……解釈違いにもほどがある。なんで自作なの？　あり得ないんですけど……！」

本当に絶望しかなくて泣きそうだ。だけど、どれだけ否定したくても、私がヒロインであるクローディアに転生していることは事実だ。

名前もそうだし、今まで生きてきたクローディアとしての人生を思い返せば、当て嵌《は》まることしかない。

私は今、父の手により、まさにビスクドールなヒロインへとステップアップさせられているところなのだから。

「……絶対に嫌だ」

ぶるぶると震える。恐怖しかなかった。

これが因果応報というものだろうか。

当時は読むのも書くのも大好きだった『ドアマットヒロインもの』。

書いていた時は楽しかったが、自分がその立場になると当たり前だが、話は変わる。

正直、二度とドアマットヒロインものなんて書くものかと思ってしまった。

もちろん、私がまた筆を執る時が来れば、の話だが、それでも思わず声に出して言ってしまった。

「いくら幸せな結末が待っていようと、ヒロインが不幸になるような話は二度と書かない。ヒロインには一切不幸が起こらない、イチャラブ話しか書かないんだから……！　皆幸せ！　それ以外はあり得ない！　認めないんだから！」

拳を握り締め、そして私は決意した。

「いいわ。作者として、原作を、ぶっ潰そうじゃないの」

敵はそう、過去の自分自身だ。

ヒロインをニヤニヤしながら不幸に陥れていた私なんて知るものか。

絶対に、ドアマットヒロインになんて、なってやらない。

私は、ドアマットのように踏みつけられる人生を送るなんてごめんなのだ。

それに人様の作品を改ざんするのなら多少心も痛むが、これは私の作品。私の作品をどうしようが私の勝手と言いきれる。

「何がドアマットヒロインだ。私は絶対に、平穏無事な人生を送ってみせるんだから」

もちろん、ヒーローと幸せになる気だって微塵《みじん》もない。

だって、彼らはいわば私の子供たちも同然。

自分の子供を恋愛対象として見ることができるか？　答えは否だ。

「ないない。あり得ない」

だから私は、ドアマットヒロインにもならなければ、彼らと恋愛関係にもならない。

物語が始まる前にそれをブチ壊し、彼らにも自分にも自由を与えるのだ。

そのためになら、作者としての知識を最大限に利用することも厭《いと》わない。

むしろ全力で利用して、作品を壊してやろうと思っていた。

「ドアマットヒロインなんて、大嫌いだー！」

自身に気合いを入れるように、大声で叫ぶ。

いつも大人しい私が、突然大声を出したことに驚いたのか、廊下を歩いていたメイドが何事かと慌てて部屋に駆け込んできた。

「お嬢様！　どうなさいましたか⁉」

焦るメイドだが、私からの返答を期待していないのは分かっている。

だって私は殆ど自我がなく、自分から何かをするようなことがないからだ。

だが、それはさっきまでの話。

私は作品を壊すと決めたのだから、早速、ここから始めようではないか。

私は普段、全く動かさなかったせいで、動きが乏しくなってしまった表情筋を一生懸命使い、メイドに言った。

「なんでもないわ。ただ、起きたらあまりにもこの部屋が悪趣味だと思ったから。早急に模様替えをしたいわね」

「お嬢様!?」

「えっ……？」

「……」

初めて自分の意思を見せた私を見て、メイドは驚きのあまり、バタンと音を立てて床に倒れた。

まさか倒れるとは思わなかったので、動揺する。

「……どうしよう」

倒れているメイドを見て途方に暮れる。

さすがに気絶されるとは考えもしなかった私は、なかなかにこれは前途多難そうだぞと震撼《しんかん》しながらも、今後どうするかを頭の中で組み立て始めていた。

第一章　まずは準備を整えようではないか

——自作をぶっ潰す。

そう決めた私は、まず手始めに、父に逆らってみることを決意した。

何せ、『ビスクドールは夢を見る』。

この話の元凶はほぼ、父だと言っても過言ではないからだ。

国王からの信頼が篤《あつ》い公爵。

国王に「お前にもし娘が生まれたら、是非、私の息子に嫁がせてくれ」と言われた彼が、何故か斜め方向に頑張ってしまった結果が、人形のような女、なのだ。

だが、己の言うこと全てに『はい』と答える従順さ、美貌と知性を兼ね備えた婚約者なんて、実際はどうなのだろう。いくら美しくとも自分の意思も碌《ろく》にないような女を婚約者として宛がわれて、王子が喜ぶとでも父は本気で思っていたのだろうか。

「……いや、思っていたな」

自分の作った設定を思い出し、私は遠い目をした。

そもそも、どうして父親が娘をそんな女に仕立てようとしたのかと言えば、それこそ、彼の好みだったからだ。

男の言うこと全てに逆らわず『はい』と言える女。

それが父の理想で、その理想の女を王子に献上しようとしたのだ。

自分が最高だと思う女を育て、王子に差し出す。

正しいと言えないこともないのだが、実行された私が可哀想すぎる。ちなみに母は味方にならない。なぜなら予想はつくだろうが、父の言いなりだからだ。

「はあ〜。無理無理。本当、なんでこんな設定にしたのかな……。って、ヒロインを可哀想にしたかったからだよ。知ってた！」

自分に突っ込みを入れる。

作者が自分だと、自分を責めるしかできないから最悪だ。

本当、なんでこんなクソ設定をよしと思ったのか。

頼むから、ヒロインにもっと優しくしてあげて下さい。前世の私。

はあっと、溜息を吐く。

わずか十歳で、すっかり溜息が癖になってしまった。

とにかく、だ。

気を取り直す。

まず、私がするのは父親の教育方針に逆らうこと。

そして、意思のないビスクドールにならないことだ。

何せ、婚約者である王子がヒロインを虐げ始めた切っ掛けは、『あまりにも〝はい〟しか言わないのが気に食わないから、なんとか意思表示させよう』という気持ちだったことを知っているから。

つまり、私が意思のないビスクドールにさえならなければ、王子からドアマットのごとく扱われることはなくなると考えられる。

「いや、そもそもだ。ビスクドールに成長しなければ、教育に失敗したとかいう話になって、王子との婚約がなかったことになるかもしれないな？」

父にはわりと完璧主義なところがある。それを鑑みても、その可能性は十分に考えられると思った。

「よし……」

とりあえず、ベッドから身体を起こす。

昨日、私がメイドに部屋の模様替えを告げたことで、「お嬢様はまだ熱が下がっていない。病気がそんなことを言わせたのだ」と医者に判断されてしまった私は、もう一日、大人しく部屋で寝ていることを余儀なくされたのだ。

私としても、今後どうするか、どう行動していくか考えたかった。その時間が与えられたことをよしとし、大人しく従っていたのだが、これからはそう簡単に言うことを聞いたりはしない。

十歳児らしく、我が儘《まま》を言い、父に逆らってやろうではないかと企んでいた。

「……ま、とは言っても、十歳児らしくっていうのがどんなものか分からないけど……どうせ向こうも、まともに私と話したことがないんだし、比較できないから……特に気にしなくてもいいよね」

子供の容姿をしているのだから、子供らしく振る舞った方がいいのは分かっていたが、中身は成人女性である。身体に引き摺られ、若干精神年齢が下がっている気がしないでもないが、それでも十歳児とはほど遠い。

念のため、子供っぽさを装ってみようかとも思ったが、実際の十歳児の平均がどんなものか、前世で子供のいなかった私には分からない。

ただ、変に取り繕うと、苛《いら》つくガキができあがるだけだなということはなんとなく予想できたので、変に『らしくする』ことはやめようと決意した。

「さて」

方針が決まったところで、ベッドから降りる。近くに姿見があったので、全身を映してみた。

烏《からす》の濡れ羽色の髪を持つ、紫色のアーモンドアイが美しい少女が映っている。

その姿は、まるでフランス人形――ビスクドールのようだ。

これが私かと驚きもするが、それよりは「ああ……そういえば、こんな作画だった」という感想の方が大きかった。

「……ヒロインは美少女がいいと思っていたことに関してだけは、過去の私を褒めてあげたい。やっぱり見た目は綺麗《きれい》な方がいいものね。平凡設定はヒロインだけで、あとは美形だらけとか、ある意味しんどすぎる」

王子は野性味溢れる美形だし、ヒーロー役の騎士も、中性的な美貌を誇っている。

更に言うなら、王子の浮気相手たちも美女揃い。

そんな中、ヒロインだけが平凡な地味女とか、釣り合わないにもほどがある。

いや、最初はそうしようと考えたのだ。

皆、美形で、ヒロインだけが平凡。これはなかなかヒロインのメンタルを削れるのではないか？

と。

『私なんて、どうせ平凡な女……』

こんな風に卑屈な感じだって出せるし、王子から「こんな平凡な女は相応《ふさわ》しくない」と言わせることもできる。

浮気相手たちは皆美しいから、「私が平凡だから殿下は彼女たちと……仕方のないこと」と思わせることだって可能だ。いくらでもやりようはある。美味《おい》しい。

だが、ちょっと待てよ……と、考え直した。

私が書いているのは女性向けのライトノベルだ。

そして、ライトノベルには大抵の場合、挿絵がある。

ヒロインは、ヒロインなのだから当然表紙やら挿絵やらに登場するわけで、その時、美形の方が見栄えがするよなと思ったのである。

表紙は大事だ。

何せ、表紙買いという言葉が存在するくらいなのだから。

有名イラストレーターに担当してもらえるだけで売上げが変わるというのは、決して嘘ではないのだ。

更に言うなら、その有名イラストレーターが描くキャラが美形ならもっと良い。読者の目を惹《ひ》くこともできるし、表紙が華やかになるからだ。

そこまで考えた結果、ヒロインは美人にしておこうと判断したわけである。

売上げは大事だからね。

――うん。よくやった。前世の私。

しみじみと頷く。過去の自分の英断を心から褒め称《たた》えた。だってこれ以上の酷い設定は、本気で要らない。今で十分、お腹《なか》いっぱいなのである。

「……」

姿見を改めて覗き込み、肩を落とした。

白いネグリジェを着た十歳児は、すでに『ビスクドール』になれそうな要素がたっぷりだったからだ。

とはいえ、落ち込んでいる暇はない。一刻も早く、この状態から脱却しなければと決意し、ベッドの近くにある、天井からつり下がった紐を引っ張った。これを引くと、使用人たちの部屋に連絡が行き、担当のメイドが来てくれる仕組みになっているのだ。

「お嬢様、お呼びですか?」

数分後、私付きのメイドがやってきた。

彼女の名前は、アメリア・テイラー。

五歳年上の彼女は、私の専属とするために最近雇われたメイドである。

まだ十五歳にしかならないが、そのわりにしっかりとしている。物覚えもよく、ミスも少なくて、着実に信頼を積み重ねている将来有望なメイドだった。

綺麗な金髪を一つにまとめ、公爵家から支給されている丈の長いメイド服を着ている。目の色は茶色だ。私より年上と分かっているが、子リスのようなイメージのある女性だった。

実は……昨日、私の言葉を聞いて倒れたメイドでもあるのだが、まあ二回目だし、もう一度倒れたりとかはないだろう。

私はやってきたアメリアに目を向けると、にっこりと笑った。

「アメリア。私、着替えたいの。着替えを用意してくれる？」

「……お嬢様？」

アメリアはパチパチと目を瞬《しばた》かせた。その表情は酷く驚いており、信じられないという顔をしている。

普段、自分から話し掛けたりしない主人が、いきなり自分を呼んで、しかも意味のある言葉を話し始めたのだから、そういう態度になるのもまあ理解できるが、二回目なのだ。もう少し慣れてはくれないだろうか。

「アメリア？」

「え、えと……着替えですね、はい！」

もう一度目を瞬かせ、アメリアはギクシャクしながらも頷いた。

近くにあるクローゼットを開ける。

「きょ、今日はこちらにしましょうか」

アメリアが出してきたのは、真っ白なドレスだった。

首元をリボンで飾る、ビスクドールが着ていそうなドレス。

これは、父親の趣味であり、断じて私の趣味ではない。……と言いたいところだが、紛れもなく私の趣味だ。

だってビスクドールが着せられているフリフリドレス、可愛いじゃないか。

ヒロインのクローディアは、ドアマットちゃんだけど、顔は美人なのだ。

レースたっぷりのドレスがとてもよく似合う。

実は王子に婚約者として差し出されるまでの間、クローディアはヒラヒラフワフワのドレスを着て育っていたという裏設定があったのだが、まさかそこまで忠実に再現されているとは思わなかった。

本当に誰なのだろう。この世界を用意した存在は。

私の脳内をスキャンでもしたのかと言いたくなるくらいの再現度の高さに震撼する。

――まあ、いいけど。すごく可愛いから！　許す‼

本当は、反抗期襲来とばかりに選ばれたドレス全てにイチャモンをつけてやろうと思っていたのだが、あまりにも自分の好みに合っていたので、それはやめておくことにした。

調子が良いと言うなら言え。私は自分に正直に生きるのだ。

――ああ、可愛い。

レースたっぷり、フリルたっぷりのドレスは見ているだけで癒される。

アメリアにドレスを着せてもらい、白い靴を履いた。子供用にもかかわらずヒールがそこそこあるが、慣れているので問題はない。

最後に髪をリボンと一緒に編み込んでもらう。

見た目だけは完璧な美少女ができあがった。

鏡を覗く。

「……おおお」

我ながらなんという可愛らしさだ。傾国の美少女と呼んでも差し支えないのではあるまいか。

この可愛い子をドアマットヒロインにするとか、作者は本当、頭がおかしいとしか思えない。

あ、私のことか。ごめんなさい。二度としないので許して欲しい。

「アメリア、お茶の用意をしてちょうだい」

出来映えに満足した私は、寝室から出て、近くにあったソファに腰掛けた。喉が渇いていたので、お茶の準備を言いつけると、今度こそアメリアは固まった。

「お嬢様?」

「何?」

「その……昨日からですが……何かあったのですか?」

何かあったとは酷い言いようだ。

でも、彼女がそう言いたくなるのも仕方ないのかもしれないと思い直した。

「別に、何もないわ。ただ、急に全てが馬鹿らしくなっただけ。自分の意思も持たず、唯々諾々と生きる人生に何の意味があるのかって思ったら、突然全部が嫌になったの。ただ、それだけよ」

「……突然、流暢《りゅうちょう》に話し始めたと思ったら。……お嬢様、お嬢様はずいぶんと難しい言葉をご存じなのですね」

「べ、勉強はしているもの」

「はあ、さようで」

慌てて誤魔化した。

十歳児が語るには、今の言葉は達観しすぎていたようだ。

全くもって難しい。

どの程度まで抑えればいいのか分からないから困ったものだ。

「と、とにかく、そういうことなの。私、これから、お父様には全力で逆らっていく予定だから、アメリアも協力してくれると嬉しいわ」

味方は一人でも多い方がいい。そう思ったからこそのお願いだったのだが、アメリアは真面目な顔で私に言った。

「お嬢様、申し訳ありませんが、私は旦那様に雇われている身の上ですので、即答はできかねます」

「――まあ、そうよね」

アメリアの言うことは尤《もっと》もだ。

彼女を雇っているのはあくまでも公爵である父であって、私ではない。

父の意思を無視して私についたところで彼女には何も良いことがない。もし父から首を言い渡されでもしたら、彼女は屋敷を追い出されてしまう。

「私の稼ぎがないと、家族がちょっと困ることになりますので」

アメリアの家はかなり貧乏で、彼女の収入がないと家族は飢え死にしてしまう。だからか、彼女は雇い主である公爵――父に非常に忠実という設定なのだ。

――あった。あったわ。そういう設定。

思い出しながら遠い目をする。

ヒロインを孤立状態にした方が、より可哀想な感じがすると、この設定を推し進めた過去の私を殴ってやりたい。

ともかく、作者チートにより、アメリアの事情までバッチリ理解していた私としては、これ以上彼女に無理強いすることはできなかった。

「いいわ、分かった。そういうことなら仕方ないものね。邪魔しないでくれるのなら構わないわよ」

「お嬢様……」

「とりあえず、お父様よね。どうせ今日も、お父様の教育があるんでしょう?」

父の、もはや洗脳と言ってもいい教育を思い出し、うんざりする。

毎日約二時間、父と二人きりの部屋で「お前は殿下の求める全てに応えられる女性に成長しなければならない」だの、「殿下が言うことは全て正しい。それがどんなに間違っていたとしてもだ」だの、「殿下のために常に完璧な女性でいなければならぬ」だの、ひたすら言い聞かせられるのだ。

これが、王子に婚約者として紹介される十八歳まで続けば、そりゃあ、洗脳の効果により、立派な意思のないお人形ができあがるというもの。

少し思い出してみたが、その二時間は苦痛でしかなかった。

そして、前世を思い出し、ビスクドールになどなるかと思っている私が、その教育を受ける意味を見出せないのもまた事実。

早速今日にでも、逆らってやろうではないかと決めていた。

——それで、勘当と言われても構うものか。ドアマットヒロインになるくらいなら、公爵家を追い出された方が遥《はる》かにマシよ。

わずか十歳でどうやって生きていくのかという問題はあるが、虐げられまくるヒロインという未来が待っているくらいなら外に放り出された方がいい。

この時、私は本気でそう思っていた。

目が据わり始めた私に、アメリアが「そうですね」と頷く。

「午後から、いつも通り二時間、公爵様とのマンツーマンのレッスンが入っております」

「……OK、分かった。勝負はそこね……」

——絶対に、勝利を摑《つか》んでやる。

父との直接対決を前に、私は一人、やる気を漲《みなぎ》らせるのだった。

◇◇◇

「……クローディアです」

「入れ」

午前中は、一般的な淑女教育を行ってくれる家庭教師に就いて勉強に励み、いよいよ午後、父との勉強時間がやってきた。

場所は、父の執務室だ。

ここで私はこれから二時間、父から『淑女とはこうあるべき』『殿下の妻になる心得』的なものをたっぷり聞かされるわけだが、当然、素直に聞くつもりはなかった。

——戦いの火蓋はここに切られたのよ……。

心の中でファイティングポーズを取る。

父の言葉にただ従うだけの娘はもういないのだ。

入室許可をもらい、部屋の中へと入る。

茶色を基調とした、どこかピリッとした雰囲気の漂う部屋の中では、父がいつも通り執務机で書類と戦っていた。

公爵ともなると色々な仕事に追われる。仕事中は眼鏡を掛ける父は、書類から顔を上げると、気難しい顔で私に言った。

「そこに座りなさい」

「はい」

父が示した執務机の前にあるソファに腰掛ける。

父は書類にサインをした後、簡単に机の上を片付け、私の目の前の席に座った。

ここから、父の『教育』が始まるのだ。

「それでは、今日も始めようか。お前が将来嫁ぐことになる、シルヴィオ王子に相応しい淑女となるために」

いつもの私なら「はい」と無表情で答えるのだが、今日は違う。

私は父の黒い目を真っ直ぐに見つめ、はっきりと言った。

「嫌です」

「は？」

何を言われたのか、咄嗟《とっさ》には理解できなかったのだろう。父が目を丸くする。

私は父が何か言う前に口を開いた。

「お父様の授業にはついていけません。私は、嫌なことは嫌だと言いたいですし、王子の言うことだからと、間違っていることを笑顔で肯定するような女にはなりたくありません」

「な……な……」

「家庭教師の先生が見て下さる勉強やダンスレッスンなどは、今後も続けます。ですが、お父様の授業は結構です。私には理解できませんし、今後も理解できるとは思えませんから」

最後まで言った。言いきった。

公爵である父相手に、わずか十歳の私が、自らの意思をはっきりと告げたのだ。

父は目を丸くしていたが、すぐにその顔に怒りを灯《とも》した。

「馬鹿者！　何を言っている！　そのようなふざけたこと、一体誰に吹き込まれた‼」

大声で怒鳴られ、一瞬竦《すく》みはしたが、私は必死で踏ん張った。

ここを耐えなければ、父の教育は続けられ、私はドアマットヒロインになってしまう。それだけは絶対に嫌だったからだ。

ドアマットヒロインになるくらいなら、怒鳴り声くらい我慢してみせる。

十歳児には、父の怒声は恐怖でしかなかったが、それよりも『ドアマットヒロイン』になる方がよほど恐ろしかった私は、その怒りを根性で受け流した。

気合いだけで父を睨《にら》む。

「誰にも吹き込まれてなどおりません。私が、私の意思で、そう判断しただけのこと。お父様、私には意思があります。その意思をなくせというようなお父様の方針にはもう従うことはできません」

「何を言う。これはお前のための教育なのだぞ。成長すれば、お前も私の言うことが正しかったのだと知るはずだ。だから今は耐え、私の言うことを聞き、殿下の理想の女性となるべく励むのだ」

「嫌です」

父が本心から私のためだと思って言っているのは分かっているが、だからといって頷けるかと言えば、答えはＮＯだ。

「お父様は、私を意思のない、ただの人形にしたいのですか？　私はそんなのはごめんです。そして、そうならなければ殿下の妃《きさき》になれないと言うのなら、そんな婚約は解消していただいて結構です。いえ、是非、その方向でお願いします」

紛れもない私の本心だったのだが、父は信じられないと目を瞠《みは》った。

「馬鹿な……！　陛下とのお約束を反故《ほご》にできるはずがないではないか！」

……ちっ。

やはり駄目か。

そんな気はしていたが、王家から持ち掛けられた話をこちらから断ることは難しそうだ。

「なんだ。残念です」

「クローディア！　お前、一体どうしたのだ。昨日までの従順なお前はどこに……！」

「そのような私は死にました。私はようやく自我に目覚めたのです」

ふふんと笑うと、父は嘆かわしげな顔をした。

「目覚めなくていいものに目覚めおってからに……。とにかく！　お前にはより私の教育が必要なことが分かった。今後は時間を増やすことにする！」

「絶対に嫌です！」

「お前の意見など聞いておらん！」

舌を出し、お断りだと告げると、父は眉をつり上げて怒った。

とにかく、宣戦布告はした。

今後は、全力で嫌なことは嫌だとアピールしていこうではないか。

そして、私の性格が矯正不可であることを理解させ、なんとか王子との婚約をなかったことにする方向へ持っていってもらえることを期待したい。

ほら、王家に嫁ぐには問題のある娘だからとかいう辞退パターンなら、そこまで失礼にはならないと思うのだけどどうだろう。

駄目？　いや、希望は持とう。

きっと可能性はゼロではないと思うから。

「全く……ようやく体調が回復したと思ったら、こんなことになるとは……とにかく今から殿下のお妃になるための心構えを説明するから――」

「では、そういうことで。私は失礼致します」

このままここにいれば、父の話をがっつり二時間聞かなくてはならなくなる。それはごめんだと思った私は、さっとソファから立ち上がると、急いで廊下に出る扉を開けた。

「クローディア！　待ちなさい！　勉強の時間だと言っただろう！」

「嫌です！」

引き留めようとする父に逆らい、外に出る。すぐに父が追ってきたが、すでに走り始めていた私には追いつけなかった。

そのまま私は、予定されていた二時間、父から逃げ続けた。

我ながら、ものすごく頑張ったと思う。

当然、二時間ずっと走って逃げていたわけではない。父が来なそうなところに隠れていたのだ。

具体的には、使用人たちの部屋。

「匿《かくま》ってくれなくてもいいから、ここにいさせて。お父様が聞いてきたら答えても構わないから」

アメリアと同じで、彼女たちが立場上、私を庇《かば》いにくいのは分かっている。

父に聞かれた時は答えてもいいと言ったのが功を奏したのか、使用人たちは仕方ないという顔で、部屋の中に招き入れてくれた。

父は怒った様子で私を捜していたようだが、まさか使用人の部屋へ逃げ込んでいるとは思わなかったようで、結局、授業のために空けていた二時間のうちに、私を見つけることはできなかった。

勝利。勝利である。

記念すべき初勝利に、私は思わずガッツポーズをした。

使用人たちに礼を言い、意気揚々と部屋に戻る。

これ以上、父が追いかけてこないことは分かっていた。

父も忙しい中、私に時間を割いてくれているのだ。更に時間を、というのは難しい話だと承知の上での行動だった。

悔しそうな顔で、自身の執務室へ戻っていく父を大きな壺《つぼ》の後ろに隠れながら確認し、ぐっと拳を握る。

——よしっ。まずは一勝！　やったわ！

些細《ささい》ではあるが、私にとっては大切な勝利だ。

是非、この調子で今後もやっていきたい。

だが、敵も然《さ》る者で、私が本気で授業を嫌がっていることを理解したのだろう。いつもは部屋に呼びつける父が、次の日は、自ら私の部屋を訪ねてきた。

これは私に逃げられないように迎えに来たとみて間違いない。

「クローディア、これはお前のためなのだ」

「そのようには、とても思えません。断固として拒否します」

一歩も退かないという態度で挑む父を、私もまた負けるものかと睨みつけた。

ある意味、初の親子喧嘩《げんか》である。

とはいえ、扉は父が己の身体で塞いでおり、逃げることはできない。父はこのまま私の部屋で授業を始めるつもりらしく、本気度が伝わってくる。

——くっ。負けるものか。

いきなり一敗を喫するのはごめんだ。だからこちらも秘策を使うことにする。

父が、私の部屋を訪ねてくる可能性は十分にあると考えていたのだ。私は昨夜から準備していたものを取り出し、にんまりと笑った。

「お父様！　それでは失礼します。夕方には帰ってくるので、ご心配なく！」

そう告げ、勢いよく窓から外に飛び出した。

窓枠を乗り越える時、少しだけドレスの裾が裂ける音がしたが気にしないでおく。確認する暇などどこにもない。父に捕まる前に逃げなければならないからだ。

とはいえ、ここは二階で、普通に飛び出せば大怪我をしてしまう。さすがに父もギョッとした顔で駆け寄ってきたのだが——。

「クローディア‼　……は？」

昨夜、シーツを繋ぎ合わせて突貫で作った脱出用ロープを使い、壁を蹴りながら見事に庭の芝の上に着地した私を見て、父の目が点になった。

「……クローディア？　お前……何を……」

私は庭から二階にいる父を見上げ、胸を張った。

「お父様が私の部屋に来ることは予測できましたから！　事前に脱出アイテムを作っておきましたの！　それでは、私は少し町に遊びに行ってきますわね！」

「待ちなさい！　クローディア！　お前はまだ十歳だ！　行ってはいかん！　誰か！　誰か娘を止めてくれ‼」

「お嬢様‼　お待ち下さい‼」

悲鳴のような声を上げる父に反応した使用人たちが、血相を変え、屋敷から飛び出してくる。

確かに父の言うように私はまだ十歳。十歳児が一人で町へ行くなど普通ではあり得ないことだと私も思う。

だが、これくらい言わないと、父は分かってくれないと思ったのだ。

私は焦った使用人たちによって屋敷に連れ戻されたが、すっかり疲れきった父は、「今日の授業はなしだ。だからお前も部屋で大人しくしていろ、分かったな？」と私に命じた。

授業をなしにしてくれるのなら、私が逆らう理由はどこにもない。

素直に頷き、部屋に戻ると、そこにはまだ呆然《ぼうぜん》としているアメリアがいた。

アメリアは父との直接対決の間、ずっと一緒にいたのだが、私と父のやりとりに口を挟めるはずもなく、ただオロオロとし、私が窓の外に飛び出した時には、悲鳴を堪《こら》えるのがやっとという有り様だった。

「……お嬢様」

「努力が実って、今日の授業はなしになったわ。この勢いで頑張っていくつもりよ」

ふふんと自慢げに言うと、アメリアは酷く疲れたような顔をした。

「以前のお嬢様と違いすぎて、全くついていけません……。本当に、何があったんですか？　まるで中身が違うみたいで……ちょっと信じられません」

「馬鹿ね。私は私よ。ちょっと我慢の限界がきただけ。こちらが本来の私だったの」

「本来のお嬢様、少々激しすぎやしませんか？」

「そう？」

作品を壊そうというのだ。徹底的にやらなければ、流れなど簡単には変えられないと思うのだけれど。

「私としては、まだまだ生ぬるいと思うから、これからもっと攻めていく予定よ」

「これ以上があるんですか⁉」

信じられないと悲鳴を上げるアメリアに、私は真顔で頷いた。

「もちろん。少なくとも、お父様があの妙な教育を取りやめて下さるまでは続けるつもり。これは私の抵抗なの。私は私の心をなくすような生き方はしたくない。そのために戦っているのよ。それは悪いことかしら?」

「いえ……お嬢様、本気だったんですね」

アメリアが疲れた顔をしながら、お茶の用意を始める。元々、父と私にお茶を用意しようとしていたので、諸々《もろもろ》一式、部屋には準備してあったのだ。背中に哀愁が漂っている気がする。そんな彼女を見ながら私は言った。

「当たり前よ。冗談で言うわけないじゃない」

「……あのロープのようなものはお嬢様がお作りに?」

「ええ。予想以上に上手《うま》くいったわ。器用でしょ」

「そういう問題ではないと思います……」

げっそりとしながらアメリアが指摘する。

昨夜、夜なべして作った、シーツを繋ぎ合わせただけのお手軽ロープ。

あれにしがみついて一階まで降りるのは、少し怖かったが、やってみればそれなりに楽しかったと思えた。

「扉を塞げば逃げられないだろう、って考えたお父様を出し抜くことができたのだから大満足ね」

あんなに驚いた父の顔は初めて見た。思い出しながらニヤニヤ笑っていると、ポットに茶葉を入れたアメリアが私を振り返り、呆《あき》れたように言った。

「お嬢様……なんだかとんでもない方向にはっちゃけましたね」

「そうでもないと思うけど。あーあ、このまま、お父様が諦めて下さるといいんだけどなあ」

「さすがに、一回や二回、お嬢様に出し抜かれたくらいで、諦めはしないと思いますが」

「そうなのよね……」

アメリアの言うことはその通りで、私としても否定するところがない。

だってこれまでずっと父は、私を教育し続けてきたのだ。それがたかが二回逃げられた程度で諦めるわけがない。

「根気の勝負。絶対に負けないいんだから……」

この先に起こるであろうドアマットヒロインとしての展開を思い出し、改めて負けるものかと決意する。

私のこの先の人生がかかっている戦いなのだ。

こちらとしてもそう簡単に諦めるわけにはいかない。

「ドアマット……駄目、絶対」

ブツブツと呟《つぶや》く。

紅茶をカップに注いでいたアメリアが「お嬢様、何を言っていらっしゃるのです？」と怪訝《けげん》な顔をしてきたが、説明したくなかった私は笑みを浮かべて誤魔化した。

◇◇◇

父に初めて逆らってから、五年が経《た》った。

私は十五歳になり、前世の記憶通りの美少女へと育っていた。

とはいえ、それはあくまでも外見だけの話だ。

あれから私はめげることなく父に逆らい続けた。その結果、父はついに私を意思なき人形に育て上げるという妙な洗脳教育を諦めたのだ。

いや、途中までは父も必死で私を諌《いさ》め、なんとか教育の続きをと頑張ったのだが、毎日、父の授業時間になると屋敷のどこかに隠れてしまう私を捜したり、屋敷中を駆け回って逃げる私を追いかけたりすることに疲れ果てたのだと思う。

二年ほど前に父は白旗を上げ、「そんなに嫌なら好きにしろ」と言ったのだ。あれはまさに、歴史的勝利だったと言ってよいだろう。

とはいえ、父も全てを諦めたわけではない。洗脳教育はやめたものの、他の淑女教育をより一層強化するという方針を打ち出したのだ。

言動と性格を矯正できないのなら、せめて他の部分で隠さなければと思ったらしい。

それに関しては、貴族女性として生きていくためにも必要だと分かっていたので、素直に従った。

全部を拒絶するほど私は子供ではないのだ。

あの妙な教育さえ諦めてくれたのならそれでいい。

とはいえ、これでドアマットヒロイン回避！　とはいかないのが辛《つら》いところだ。

何故ならまだ、王子との婚約が続いているから。

自分の作品とはいえ、原作の王子はとにかく最低なクズ男だ。

小説の中では、意思を持たないヒロインに苛立ち、その心を引き出そうとした……とされているが、基本彼は八つ当たりの対象を常に探しているような男である。

父である国王や側近たちに見捨てられかけている彼は、そうとは気づかなくても、皆が自分に冷たいことくらいは分かっていて、その苛立ちを何かにぶつけたいと思っている。

そこに現れた、自分が好きにしていい婚約者。

普通に考えて、意思があろうとなかろうと、ドアマットにされる確率は非常に高いと思う。

うん。改めて思う。自分が作った設定ながら、なかなかに酷い。

つまり、だ。

話は逸《そ》れたが、彼との婚約を白紙状態に戻せた時、初めて私は自由を得たと言えるというわけだ。

私が王子に婚約者として引き渡されるのは、今から三年後。十八歳になった時。

それまでに、父にいくら淑女教育が完璧でも、王子の前には立たせられないと思ってもらわなければならない。

私と王子の婚約は国王との約束だから、そう簡単に婚約解消とならないのは分かっているけれども、希望は失いたくないと思っていた。

「おや、またお屋敷から抜け出してきたのかい？　公爵様が心配なさるよ」

ぼんやり道を歩いていると、露店で野菜を売っていたおばさんが声を掛けてきた。

実は、父が教育を諦める少し前くらいから、商店が集まる王都の中心街をよくうろつくようになったのだ。

さすがに十歳児が一人で出掛けるのはおかしいが、十二、三歳くらいならまあ許容範囲内（この世界基準）。

私の設定で、この国の治安はかなり良いことになっている。裏通りや、夕方以降はさすがに危険だが、昼間なら子供が一人で歩いていても、「お使いかな」程度くらいにしか思われないのだ。

治安の良い国という設定にしていてよかった。

屋敷にずっと閉じ込められっぱなしとか、気が狂いそうになる。

時折、息抜きをしなければやってられない。

そういうわけで、暇を見つけては屋敷を抜け出し、遊びに来ているのだが……護衛が近くにいるのだろうなということは分かっている。

私に護衛がつけられたのは、おそらくは屋敷を抜け出し始めた初期の頃。

最初は町に出る度に怒っていた父が、苦々しい顔をするものの、溜息だけで何も言わなくなったのだ。

おそらく、言っても無駄だから、それくらいなら最初から護衛を用意した方がよいと考えたのだろうが、こちらとしては助かっている。

ついでにこんなお転婆、王子の妃にはできないと考えてくれればいいのだが、まだ、そこまでには至っていないようで残念な限りだ。

そういうことを思い出しつつ、私は声を掛けてくれたおばさんに笑顔で返事をした。

「大丈夫！　皆、もう諦めてると思うから」

「ははっ！　本当に、クローディア様はお転婆だねえ。でも、あまり暗くならないうちに帰りなよ。夜はさすがに子供の一人歩きは危ないからね」

「分かってる。ちゃんと帰るわ」

私の返事を聞き、おばさんが大声で笑う。

ここ数年、暇があれば町をうろついていたせいで、この辺りに住む人たちに私の顔は知れ渡っている。

最初は、「貴族のお嬢様が一人でこんなところに」と慌て、公爵家に連絡を入れていた彼らも、何度か来るうちに「ああ、またか」と思うようになり、護衛がついていることを知ってからは、スルーしてくれるようになったのだ。

「あんまり公爵様に心配掛けるんじゃないよ。最近、頭の天辺《てっぺん》が薄くなってきているように見えるのは、クローディア様のせいじゃないのかい？」

おばさんの言う通り、父の頭頂部はここのところ、大変残念なことになってきている。

だが、それは断じて私のせいではないと思うのだ。

「お父様の髪が減っているのは、私のせいではなく遺伝よ。胃を押さえているのは、私のせいかもしれないけど」

「結局、クローディア様のせいじゃないかい」

「あら、そう？」

軽快なやりとりをしながら、目的地を目指す。

町歩き用のワンピースは膝下までの長さで、動きやすい。私は日焼け防止にと、長袖の上着を羽織って、日傘を差していた。

色黒の貴族令嬢など許されるものではない。

元気いっぱいでいいのかもしれないが、せっかく美人設定のヒロインに転生したのだ。その美貌を台無しにするような真似はしたくなかった。

適度な運動と、食事制限。お風呂でのマッサージなど。

美に関しては、できる限りの努力はしている。

若い時からの努力が、将来の美人を作るのだ。前世で知識を得ていた私は、特に日焼け対策には力を入れていた。

少しだけ、たとえば激太りしたりすれば王子の婚約者から外れられるのではと考えなくもなかったが、それはクローディアに転生した私の矜持が許さなかった。

最終手段としてもやりたくない。

私はあの、小説のカバーで見た美しいヒロインになってみせるのだ。ドアマットには絶対にならないけど。

賑《にぎ》わいのある大通りを、知り合いに挨拶しながらトコトコと歩く。

私が向かっているのは、この近くにある修道院だ。

修道院では親のいない子供たちに食事を提供したり、簡単な教育を施したりしている。

私も一年ほど前から、積極的に修道女たちの手伝いをしていた。

町に出てきたところで、何か用事があるわけではないのだ。それなら人の役に立つことをしたいと思っての行動だった。

元々貴族には、民のために尽くすという考え方がある。

孤児院に寄付したり、医療機関を設立したり、教育施設を作ったり。爵位が上であればあるほど、そういうことを積極的にしている印象だ。

だからか、私が手伝いを申し出ても、それは普通のこととして受け入れられた。

「こんにちは」

「こんにちは、クローディア様。今日も手伝って下さるのですか？」

「ええ」

修道院に辿り着く。親しくなった修道女の一人が私を認め、笑顔になった。

まだ十五の私にできることなどそうあるわけではないが、小さな子たちに読み書きくらいなら教えられるし、絵本を読み聞かせることだってできる。

女の子たちは時々、テーブルマナーを知りたがることもあって、そういう時は、きちんとした教育を受けている私が彼女たちに教えていた。

自分たちとそう年の変わらない女に教えられることを最初は嫌がっていた子供たちも、足繁《しげ》く通ううちに受け入れてくれるようになっていく。

今では町を歩いていると、普通に声を掛けてくれるまでになっていた。

「今日は何をすればいいかしら？」

尋ねると、修道女は「そうですね」と少し考えた後、私に言った。

「修道院の入り口で、子供たちに食事を配る予定なので、その手伝いをお願いしても構いませんか？」

「ええ、構わなくてよ」

勝手知ったるといった感じで裏口に回る。木の扉を開けて中に入ると、そこは厨房になっていて、十人くらいの修道女たちが大鍋で煮込み料理を作っていた。

良い匂いがする。これは……シチューだ。

「こんにちは」

声を掛ける。

振り返った修道女たちは、私の姿を認めると、皆、笑顔を見せてくれた。当然、女性ばかりだ。特別な許可がある場合を除き、基本的に修道院は女性しか入れないことになっている。

「食事を運ぶ手伝いをと言われて、こちらに来たのだけれど」

用件を告げると、料理をしていた修道女たちの中でも一際恰幅《かっぷく》の良い女性が「こちらに」と手招きしてきた。

言われるままに近づくと、彼女は料理の入った鍋を台車に載せようとしているところだった。

「いいところに来て下さいました。一緒に運んでいただけますか？」

「ええ、もちろん。そのために来たのだもの」

協力して台車に大鍋とたくさんの器を載せ、外に運び出す。修道院の入り口にはすでに孤児たちが集まっていた。

修道女が子供たちを一列に並ばせる。私は器にシチューを装《よそ》う係だ。

ポイントは、量を一定にすること。多かったり少なかったりすれば、喧嘩の元になる。

器にシチューを入れ、子供たち一人一人に手渡していく。

この国——サニーウェルズ王国は平和な国という設定ではあるが、それでも親や身寄りのいない子供たちは一定数いるし、貧困層も少なからず存在する。

そして私は、そういう子供たちと接する度、実は、罪悪感に駆られていた。

彼らが飢えた暮らしをしなければならないのは、私が、全員を裕福にしておかなかったせい。そんな風に考えてしまうからだ。

もちろん、分かっている。それはとても傲慢《ごうまん》な考えだ。

だけど、名前もつけなかった彼ら一人一人にも人生があって、でも私はそんなことは何も気にせず、物語を紡いでいたのだ。ただ一言『貧困層も存在する』と書いただけで、彼らを生み出してしまった。

そのことに酷く責任を感じる。

少しでも彼らに何かしてあげられないだろうかと思ってしまう。それが、今の手伝いへと繋がっていた。

——こんなことをしたくらいで、何が変わるわけではないけど。

罪悪感から少しでも解放されたいだけでやっている。修道女たちは、まだ幼いのに貴族としての自覚がある、素晴らしいなんて言って褒めてくれるが、全然そんなことはないのだ。

とても醜い動機。

誰に話しても理解されないから言わないが、自分のためにやっているだけ。

十歳くらいの女の子が私から器を受け取りながら、羨むように言った。

「お姉ちゃん、すごく綺麗。私も、大きくなったら、お姉ちゃんみたいになれるかな……ううん、きっと無理だよね。だって私、孤児だもん……」

「そんなことない。きっとあなたは美人になると思うわ」

涙が込み上げてくるのを必死で堪える。憧れの目で見られるのが切なかった。

——ごめん。私が、何も考えずにあなたたちのような存在を生み出したから。

そう言ってしまいたくなるのを堪え、笑顔を向ける。

女の子は、「そうかな、そうだといいな」と照れたように笑いながら、後ろに並んでいた子に順番を譲った。

◇◇◇

「駄目……今日は特に精神的にきたわ……」

食事を配った後は、片付けを手伝った。一段落ついたところで、もう大丈夫だと言われ、修道院を出てきたのだが、私は酷く消耗した気分になっていた。

さっきの女の子のことで、心にダメージを負ったのだ。このまま帰っても、きっとブルーな気持ちのままだろうと思った私は、屋敷に戻るのではなく、少し離れた場所にある叔父の家へと向かった。

叔父は、父の弟ではあるものの、三男だったこともあり、爵位を持っていない。

だが、隣国の商家の娘と結婚し、婿入りしたおかげでそれなりに裕福に暮らしている。屋敷も大きく、使用人も何人か雇っていた。

そんな叔父のところにどうして私が行くのかと言えば、私は叔父がとても好きで、暇さえあれば彼の家に遊びに行くのが習慣となっていたからだ。

叔父夫婦には子供がいない。

そのため、姪である私をまるで実の娘のように可愛がってくれるのだ。

「こんにちは。叔父様はいらっしゃる？」

呼び鈴を鳴らすと、叔父に雇われている執事が出てきた。私の顔を見ると、すぐに笑顔になり、中へと通してくれる。

「旦那様も奥様もいらっしゃいます。クローディア様がお見えになったと知れば、とてもお喜びになるでしょう。さあ、お入り下さいませ。紅茶はどういたしますか？」

「ありがとう。今日はあなたのお勧めで構わないわ」

「かしこまりました」

深々と頭を下げる執事の前を通り過ぎ、遠慮なく、中に入る。

父は叔父の家に行くことを禁じるつもりはないらしく、遊びに行っても、それについては文句を言われたことがない。

おそらく、町をぶらつかれるよりは、叔父の家にいてくれる方がいいとでも考えているのだろうが、行動を制限されないのはありがたかった。

「こんにちは」

別の使用人に案内され、応接室に入ると、叔父と叔母が私を迎えてくれた。

「叔父様、叔母様」

挨拶をして顔を上げる。二人は手招きし、私を側へと呼んだ。

「よく来たな、クローディア。また、兄上には秘密かい？」

「はい。でもいいんです。どうせお父様は諦めていると思いますもの」

素直に答えると、叔父は仕方ないとばかりに苦笑した。

父は厳《いか》めしい風貌をしているが、叔父は柔和な顔つきをしている。公爵家を継がなければならなかった父との違いだろうかとも思うが、多分生まれ持った性質もあるのだろう。

「ちょうど今からお茶にしようと思っていたの。クローディア様もご一緒にいかがですか？」

「ありがとうございます。いただきます」

叔母の誘いに頷く。

叔母は、商家の娘とは思えないほどおっとりとしていて、いつもフワフワと笑っている。

叔父とは恋愛結婚でとても仲の良い夫婦だ。そんな二人に実の娘のように可愛がられているのは幸せでしかない。この時間だけは、精神年齢など関係なく、真実十五歳の少女に戻っている。私はいつもそんな風に思っていた。

叔母の隣に腰掛ける。

上機嫌で笑っていると、私をここまで案内してくれた使用人に叔父が言った。

「兄上に、後で馬車で送っていく、と伝えてくれ」

「承知致しました」

秘密裏に護衛がつけられていることは叔父も承知の上だが、それでもきちんとした性格の叔父は、いつも父に連絡を入れてくれる。

「叔父様。迷惑を掛けてすみません」

「迷惑とは思っていないよ。だが、兄上も心配するからね。連絡は入れておいた方がいい」

「はい」

奇行を繰り返す私に、最近はすっかり諦めが入っている父ではあるが、愛情を注いでくれていることは理解している。

あの妙な教育方針さえなければ、良い父親なのだ。あとは、王子との婚約をなんとかしてくれたら、拝み倒す勢いで感謝するのだけれど。

未だその兆しは見えず、切ないばかりだ。

「あ、美味しい……！」

用意してもらったお菓子をつまみ、一口。あまりの美味しさに、思わず感嘆の声が零《こぼ》れ出た。

食べたのは単なるプレーンクッキーなのだが、今まで食べた中で一番美味しいと思えた。

「なにこれ、すごい……」

思わず、クッキーの欠片《かけら》を凝視する。

叔母が笑いながら説明してくれた。

「気に入ってくれましたか？　私の実家で最近取り扱いを始めたクッキーです。とても美味しいでしょう？」

「ええ！」

キラキラと目を輝かせてしまう。

まだ十五歳なのだから、美味しいお菓子に弱いのも当たり前なのだ。

「すごい……叔母様のご実家ではこんなに美味しいクッキーを取り扱っているのね。注文すれば、屋敷の方にも届けてくれるのかしら……」

そう呟くと、叔母は嬉しげに頷いてくれた。

「気に入っていただけたみたいでよかったですわ。今度、そちらのお屋敷に送るよう実家に頼んでおきますわね」

「ありがとうございます」

少し硬めに焼いたクッキーは本当に癖になる味だった。バターがたっぷり使われており、濃い。

紅茶はしっかりした味の茶葉を使っていたが、クッキーとの相性が良く、こちらもとても美味しかった。

「ごちそうさまでした」

美味しいお茶をご馳走《ちそう》になり、心もお腹も満足だ。

実は、この叔父や叔母は、作中では殆ど出てこない。

父の教育のせいでヒロインに意思というか自我がなく、自分から動くことがなかったので、知り合いが殆どできなかったのだ。

十八になるまで、ずっと屋敷の中でひたすら父からの教育と、家庭教師たちによる淑女教育。

外の世界も碌に知らずに育った意思のない箱入り娘が、叔父と叔母に関わる機会など、そうあるはずがない。

優しい叔父たちは、知り合いさえすれば可愛がってくれるし、実は屋敷に籠《こ》もりきりのクローディアを心配していたという裏設定を作ってあったのを思い出し、数年前に頑張ってコンタクトを取ってみたのだが大当たりだった。

今では、自分の家にいるよりもリラックスできる。

——はあ、最高。いっそのこと、叔父様の家の子になりたい。

そうすれば、貴族ではなくなるから、王子との婚約もなくなるのに。

そんな風に思っていると、叔父が「クローディア」と名前を呼んだ。

「はい」

「お前に、話しておかなければならないことがある」

「？　何でしょう」

叔父も叔母も真剣な顔をしている。それを不思議に思いつつも居住まいを正すと、叔父は寂しそうな顔をしながら口を開いた。

「もうすぐ、私たちはこの国を出ていく。隣国のスノウディア王国に引っ越すんだ。妻の実家の商売が上手くいっていてね。手伝って欲しいと頼まれて」

「えっ……」

申し訳なさそうに言われ、目を瞠った。

そうして思い出す。

そういえばそんな設定もあったな、と。

唯一、味方になってくれそうだった叔父夫婦。彼らはクローディアが十五歳の時、隣国へ行ってしまったのだ。

確か、徹底的にヒロインを孤立させたくて、味方になりそうな人たち全員を遠くに追いやってしまえ！　と実行したのだが……何してくれているんだ。前世の私！

――私の大事な逃避先が！　え？　本当にどんどん孤立していくんだけど？

どこまで私を虐《いじ》めれば気が済むのか。

控えめに言っても泣きそうである。

私を意思のない人形にすることを父は諦めたが、まだまだ屋敷の中では息をしにくいのが現状。

そんな中、自然体でいることのできる叔父の家は私の大切な癒しだったというのに、それがなくなるとか、考えたくもなかった。

「私たちもお前と別れるのは辛いのだが、元々妻の実家からの援助を受けていることもあって、断れなかったんだ」

「わ、私のことは気になさらないで下さい。叔父様たちのお決めになったことですもの……」

精一杯の笑顔で言いはしたが、ショックは隠せない。

立ち直れないまま、叔父の家を後にし、屋敷に戻ることになった。

◇◇◇

「……はあ」

屋敷に帰った私は、自室に戻るとひたすら溜息を吐き続けた。

叔父のことを引き摺っていたのである。

大好きな叔父が隣国へ行ってしまうという事実に、私は心の中で前世の自分に五寸釘を打ち、盛大に呪っていた。

叔父は、来週にはスノウディア王国へ行ってしまうらしい。引っ越しの準備に追われるだろうから、遊びに行くと迷惑が掛かってしまうだろう。

そう考えると、叔父の家にはもう二度と行くことができないと気づいてしまい、また、それが溜息を生み出した。

「辛い……」

「お嬢様。お一人で暗くならないで下さいませ」

「そんなこと言われても」

溜息を吐き続ける私に眉を顰《ひそ》めたアメリアが窘《たしな》めてきたが、止めようと思って止められるのなら苦労はないのだ。それほど叔父の引っ越しは私にとってショックだったということ。

もちろん、自分のせいだということは重々承知の上だ。

作者を憎むようなことが起こる度、自分を恨まなければならないのが本当に辛い。

いっそ別の人の作品だったらよかったのに、と思ってしまうのがこんな時だ。

「ふあああああ……」

自分が相手では八つ当たりもできやしない。

行き場のない怒りを抱え、奇声を上げていると、アメリアがじろっと私を睨んできた。

「お嬢様。貴族の令嬢は、そんなだらしのない声は出しません」

「分かっているわ。でも止められないんだもの。仕方ないじゃない」

つん、とそっぽを向きつつ言い返す。アメリアは私にお茶を出しながら言った。

「はい、ハーブティーです。……お嬢様は、デリク様がスノウディア王国へ行ってしまわれるのがそんなにお嫌なのですか？」

デリクというのが、叔父の名前だ。

「ええ、そうよ。叔父様は素敵な方だもの。妙な教育もしようとはなさらないし」

「それについては、公爵様も諦めたではないですか」

「何年も掛けてようやく、ね。あ、美味しい」

淹《い》れてくれたハーブティーを口に含む。薔薇《ばら》とアプリコットの優しい香りが鼻腔《びこう》をくすぐった。

「あなただって知っているでしょう？　お父様は、諦めた、なんて言っているけど、虎視眈々《こしたんたん》とやり直しの機会を狙ってるってこと。本気で諦めてなんてないんだから」

「それは……」

思い当たる節があるのか、アメリアが苦笑する。

周囲に迷惑を掛けまくった攻防の結果、勝利を摑んだ私ではあったが、父は私を理想の淑女にするのを完全に諦めたわけではないのだ。

少しでも機会があれば、私を諭そうとしてくるし、夫に従うことがいかに大切かなどを食事中でもくどくどと語ってくる。

そんなことをされれば、私が居心地を悪く感じるのも当然で、それもあって最近は屋敷から逃げ出す頻度が上がっていた。

「……せっかくの避難場所が減ってしまったわ」

修道院に通うことをやめはしないが、毎日行けば、それはそれで迷惑だろうということくらいは分かっている。

となると、私の外出できる機会はぐんと減ってしまう。

頭が痛いなと、溜息を吐くのも仕方ないことではないだろうか。

「仕方ありませんね。しばらくはお嬢様も大人しくなさるのがよろしいのではないでしょうか」

「……グチグチ言ってくるお父様に、私の我慢の限界がきて、切れるまではね。あーあ、私なんていくら猫を被ったところで本性はこれなんだから、お父様もいい加減、王子の妃に、なんて考えるのはやめたらいいのに。陛下とのお約束といっても、どうとでもしようはあるでしょう」

「まだ、なんとかなると夢を見ていらっしゃるのですよ、公爵様は」

「なんて傍迷惑な」

夢も希望も打ち砕いてやったと自負していたのだが、どうやら父はまだ娘に夢を抱いていたらしい。

こちらとしては、一日も早く王子との婚約を解消し、ドアマットフラグをへし折りたいというのに、五年経った今も苦しめられているのだから嫌になる。

「……お嬢様は、何故そんなに殿下とご結婚なさるのを厭われるのですか？」

「え？」

突然、アメリアが聞いてきた。

アメリアはお茶のおかわりを淹れながら、不思議そうな顔をしている。

「前々から不思議だったんです。お嬢様はずっと殿下と結婚したくないとおっしゃっていましたよね。普通は、世継ぎの王子との婚約は嬉しいもののはずなのに、お嬢様は昔からそれを嫌がっておられた。どうしてなのかと思って。公爵様もその点については不思議がっておられます。ご自分の教育が嫌だというのはまだしも、殿下との婚約を嫌がる理由が分からない、と」

「……そうね」

確かに、アメリアや父からしてみれば、私が王子との婚約を厭うのは訳が分からないだろう。王子が見目麗しい美丈夫だという噂は、皆、知っているからだ。

将来王位に就く、美貌の王子。

どうしてそんな相手と結婚するのが嫌なのか。それはもちろん私がドアマットヒロインになりたくないからなのだが、他にも理由がある。

「アメリアは知ってる？　殿下は、家庭教師たちから毎日逃げ回って、碌に勉強もなさらないそうよ。武芸の練習からもお逃げになるわ、王子として果たさなければならない仕事だって放り投げている。そんな方と人生を一緒に歩みたい？　私は嫌だわ、お断り」

これはまごうことなき私の本心だ。

作者として知っているから言うが、彼は自分の義務を放棄し、逃げ続けている。改善する気なんて皆無だし、なんなら罪悪感すらない。

王子として、何もかも失格なのが彼なのだ。

そんな男に魅力を感じるか？　答えはＮＯだ。

あと、アメリアには秘密だけど、彼が自キャラだからという大きな理由もある。

「お嬢様……よくご存じですね。どうやってお調べになったのですか？」

アメリアが吃驚《びっくり》したように私を見つめてくる。

それに私は笑顔で答えた。

「婚約者がどのような方なのか、知りたいのは普通でしょう？　でも、方法は秘密」

作者チートで知っている、なんて言えるわけがない。

笑顔で上手く誤魔化すと、アメリアは納得したような顔をしたが「ん？」と首を傾げた。

「どうしたの？」

「お嬢様。でも、公爵様からお逃げになられているのは、お嬢様も同じではありませんか？　ある意味、お似合いかなと思いますけど」

ピキッと口の端が引き攣《つ》った気がした。

つい、声を荒らげてしまう。

「私は！　お父様から逃げはしても、家庭教師の先生たちからは一度も逃げたことはないわ！　一緒にしないでちょうだい！」

あの、執務も何もしない男と同列に並べて欲しくない。

私は、貴族令嬢としての教育はきっちり受けている。

思わず眉をつり上げて怒ると、アメリアは「すみません」と謝罪した。

「でも、実際どうなんでしょうね。陛下とのお約束なのに、『結婚なんて無理です』と本当に言えるのか。お嬢様のお気持ちも分かりますが、嫌だと言えない公爵様のお気持ちも少しは考えて差し上げてはいかがですか」

「……」

アメリアの言葉は全くもってその通りだったが、父の気持ちを考えると私がドアマットヒロインになってしまう可能性があるので、やっぱり頷くことはできなかった。

第二章　自キャラは可愛いから、可能なら真っ当に生きてくれることを望む

私の努力が実を結び、父の『教育』が再開されることはなく、私はついに、運命の十八歳となった。

サニーウェルズ王国で、十八歳は成人とされる。

そう、私はいよいよ結婚できる年となったのだ。

いっそ王子以外と恋愛してみるのはどうだ？　そこから婚約破棄への道を……と考えた日もなくはなかったが、屋敷と修道院との往復しかしない私にときめくような出会いがあるはずもなく。

結局私は、婚約破棄をすることもできず、王子の婚約者という立場のまま、十八歳になってしまったのだった。

「最悪だわ……」

私の予定では、十八歳に至るまでに王子との婚約破棄というミッションを達成しているはずだった。

何せ、前世を思い出し、婚約破棄してやると決意したのが十歳の時。

八年もあればなんとかなるだろうと思っても仕方ないではないか。

「どうにもならなかったわね……」

アメリアに着せられたドレスに目を落とし、嘆息する。

レースとフリルたっぷりの薄いピンク色のドレスは、見事に前世の記憶通りの美女へと成長した私によく似合っていたが、今から会う相手のことを考えると、憂鬱になった。

そう、私が思っていたよりも、『国王との約束』は大きかったのだ。

父も、最近になってようやく自由気ままな娘に王子の妃という役目は荷が重すぎると思い始めてくれたのだが、国王に「無理です」と言えるはずもなく、この日を迎えるに至ってしまった。

「はあ」

「溜息を吐きたいのはこちらの方だ」

王城へ向かう馬車の中。何度も溜息を吐く私を、正面の席に座った父が睨みつけてくる。私はそっと父から視線を逸らした。

「クローディア！」

「お父様が陛下に婚約解消を申し入れて下さらなかったせいで、今、こうして王城に向かうことになっているのです。溜息くらい吐かせていただいても罰は当たらないと思いますけど」

父にもう少し勇気があれば、婚約破棄ミッションは成功したはず。じろりと父を睨むと、それ以上の目力で睨み返された。

「陛下にそのようなことを言えるはずがないだろう！　ああ、どうしてこんなことになったのだ。私の予定では、殿下に従順な、完璧な娘を献上するはずだったのに。何をどう間違えたのか、異常に我の強い、自由気ままな娘に育ってしまった……」

嘆く父に、私は真顔で忠告した。

「親の思う通りになど子供は育ちません。良い勉強をなさいましたね、父上」

「お前が言うな！」

怒鳴り声を上げられたので、さっと耳を塞ぐ。

父はまだブツブツ言っていた。

「こんなことでは、いざ殿下とお会いした時、どうなることか。クローディア、分かっているな？殿下の前ではくれぐれも、特大の猫を被るように。素のお前を見せるなど決してしてはならぬぞ」

「さあ、それは殿下次第では？　私としては、お父様から申し入れるのが無理なら、殿下の方から婚約破棄を申し渡して下さらないか期待したいところです」

父ができなかった以上、あとは王子本人からの通達を待つより他はない。

できれば今日中にでも王子から「こんな女とは結婚できない」と言ってもらいたいところである。

私が本気で告げると、父は疲れたような顔をした。

「まだお前はそんなことを言っているのか……殿下の何が不満なのだ」

不満も何も、まず、相手が自キャラという時点で、恋愛関係になど至れるはずがないではないか。

モブならまだしも、王子は私の小説の主要キャラだ。

ドアマットヒロインの件を抜きにしても、自分の生み出したキャラクターと恋愛などしたくないと考えるのが普通だと思う。

感覚的にはアレだ。近親相姦《そうかん》的な禁忌、これが一番近いと思う。どうしても受け入れられないと、心と身体、全部が拒絶する。

だから私は正直に言った。

「何もかも、ですかね。全部が無理です。無理寄りの無理案件」

「そんな恐れ多いことを言うのは、お前くらいだ、馬鹿娘！」

「お父様、さっきからうるさいです」

「お前がうるさくさせるようなことを言うからだろう！」

父が青筋を立てて怒る。

馬車の中では逃げようがないので、うるさいなあと思いながらも黙って聞いているしかないのが辛いところだ。

「本当に……どうしてこんな娘になってしまったんだ……」

父の嘆きがちょっぴり耳に痛い。

それについては正直申し訳なかったと思っているのだ。

王子と結婚したくないあまり、全力で自我をアピールしていった結果、私は前世よりも厄介な性格に育ってしまった。

嫌なことは嫌だとはっきり言う。相手に遠慮などしない。

令嬢としては、完全にアウトな育ち方をしてしまったのだ。

しかし、今更どうしようもできない。

父の言うように、多少猫を被ることくらいはできるが、張りぼての猫なので、すぐに剝《は》がれるのは想像に難くないだろう。

「……一応、頑張ってはみます」

王子に嫌われたいとは思っても、無礼だと罰せられたいわけではないのだ。最低限の猫ぐらいは被ることを約束すると、父はようやく安堵《あんど》したのか、怒気を鎮めてくれた。

馬車が停まる。

どうやら王城に着いたようだ。

御者が扉を開け、父がまずタラップを降りた。続いて私も馬車から降りる。

「……」

無言で王城を見上げる。

白い城壁。庭は手入れがされていて美しく、季節の花が咲いていた。正面に目を向ければ、迎えの兵士たちがずらりと並んでいる。

――ああ、なんて憂鬱なんだろう。

「クローディア」

「……はい」

今更、やっぱり帰りますとは言えないことくらいは分かっている。

気は重いが前に進むしかない。

私は父の後に続きながらも、ブルーな気持ちを抑えきれずにいた。

◇◇◇

「よく来てくれた」

私が父に連れられてやってきたのは、謁見《えっけん》の間だった。

広い部屋には、玉座に腰掛けた国王、そしてその側には宰相と思《おぼ》しき初老の貴族が控えている。

国王は、まだ四十代。見た目も若々しく、気力も十分だ。

一通り挨拶を済ませると、彼は申し訳なさそうに口を開いた。

「今、シルヴィオを呼びにやっている。昨日、今日のことは話したのだがな。すまないが息子が来るまで少し待ってもらいたい」

そう言った国王の顔は、うんざりとしていた。

やはり、こちらは私が書いた小説通り、王子を見捨てるかどうかというところまで来ているとみて間違いなさそうだ。

執務も勉強もサボる王子に、城内では失望が広がっている。

これから王子は、私との婚約で今後を見定められることになるのだが、王子はその事実を知らされていないし、気づいてもいない。

王族、しかも世継ぎの王子であるくせに、執務を顧みないなど許されるはずがないのだ。

早い段階で息子を切るかどうか判断しようとする国王は、為政者として正しい。

——その判断材料に、私を使わないで欲しいところなんだけど。

与えられた婚約者をどう扱うかを国王が見ているなど、王子は気づかない。

だからどこまでも酷くできるし、最後には『国王から与えられた』婚約者を捨てることができるのだ。

『国王から与えられた』という意味に王子が気づけば、彼が本当の意味で国王から見捨てられることはなかったのだけれど。

まあ、彼をざまあ要員にしてしまった作者の私が言っても説得力はない。

彼はどうしたって気づかない。

何故ならそれがこの物語なのだから。

国王がじっと私を見つめてくる。

品定めされているのが分かる視線を品良く避けた。薄く微笑むと、国王は満足げに頷いた。

「……しかし、シルヴィオには勿体《もったい》ないほど美しい娘だな」

「ありがとうございます。その……私にできる限りで育てたつもりです」

父が頭を下げ、礼を述べる。だが、私は知っている。父が内心、「外見は良いけど中身はアレで申し訳ない」という気持ちでいることを。

父に、生まれる前から『娘をよこせ』と言うくらいだ。国王は父を信頼してくれているのだろう。

父に向ける国王の目は穏やかで、父の方も尊敬の眼差しを向けていた。

父が『国王のために』私を育てようと頑張っていたのは嘘ではないのだ。

その方向性が、若干どころかものすごくおかしかっただけで。

「――シルヴィオ殿下がいらっしゃいました」

入室から十五分ほど経った頃だろうか。兵士が高らかに王子の入室を告げた。

やっとの登場に、全員が扉の方を見る。

国王は「ようやくか、あの馬鹿息子」と小声で言っていたが、空気が読める私は聞かなかった振りをした。作者として、主要人物キャラの心情はばっちり把握しているのだ。彼が息子を信じたいと思いつつも、もう駄目だと判断しかけていることは分かっている。

思わず出た本音を無視するくらい、朝飯前だ。

「父上。お呼びでしょうか」

兵士を伴って、王子が謁見の間へと入ってきた。その姿に思わず見入る。

冗談抜きに惚《ほ》れ惚《ぼ》れした。

――わお。

真っ直ぐにこちらを射貫いてくる目は金色だ。鋭い刃のような印象で、野生の狼を思い起こさせる。

身体は細身で、短い赤い髪がよく似合っていた。耳に金色のピアスをつけているせいで、かなり派手に見える。

着ている服も豪奢《ごうしゃ》で目を瞠るほどだ。黒地に赤の差し色が入ったかっちりとした上着はどこか軍服を思い出させ、とても格好良かった。

——あああ‼　確かに、確かにこんな作画だった‼

思いきり記憶を刺激する姿に、大声を上げたくなったが堪えた。

しかし美形と分かってはいたが実物は予想よりはるかに格好良かった。

イケメン俺様で、最悪のクズ。それがこのシルヴィオ王子という男。

書籍化された時も、「このクズ王子がこんなに格好良いとかあり得ない」と言われたことを思い出す。

だけど考えてみて欲しい。ざまあ要員なら、ブサ男よりイケメンの方がいいだろう？

少なくとも昔の私は、イケメンの顔が苦痛や苦悩に歪むのが美味しいと考える女だったのだ。

クソみたいな性癖で申し訳ないが、今は全くそんなこと思わないので許してもらいたい。

ハピエン最高。

今の私は、全員がもれなくハッピーになるお話が大好きである。それ以外は認めない。認められるものか。最低最悪な原作は、どうぞご退場なさって下さい。

そんな、くだらないことを考えながら王子を見る。

もちろん、イケメン王子に会って、恋に落ちるとかそんな展開は起こらない。何せ、自分の作品のメインキャラだ。

あらまあ、立派になって……！　くらいのものである。

気分的には、近所の子供が大きくなったことを喜ぶおばさんみたいなものだろうか。

自分だってヒロインに転生しているのだが、自分なのであまり感慨深い気持ちにはなれない。

こちらの世界に転生してほぼ初めて見たといっていいメインキャラに、私はひたすら感心していた。

「ん？　誰だ、お前は」

私を見た王子が眉を寄せる。

そんな彼に国王が言った。

「シルヴィオ、遅かったな。昨日、話しておいただろう。婚約者を待たせてどうするつもりだ」

シルヴィオは私を見て首を傾げていたが、父親の言葉を聞いて、嫌そうな顔になった。

「……婚約者。ああ、そのようなことも言っておられましたね」

「……」

傲岸不遜《ごうがんふそん》な態度に眉が寄る。

父であり、国王である相手に対する態度とはとても思えなかった。

確かにシルヴィオのことは『どうしようもない俺様男』と設定していた。だが、実際に見ると腹立たしいだけで好感などとてもではないが抱けない。

父親と会話をしたシルヴィオが、再び私を見る。その目に嘲《あざけ》りのようなものが見え、こめかみがピキッと震えた。

それでも初対面の挨拶くらいはしなくてはならない。

何せ自キャラといっても、相手は一国の王子なのだから。

私は苛々する気持ちを堪えながらも、淑女教育の成果を見せる時だと奮起し、完璧な挨拶を披露

した。

「初めまして、殿下。私、クローディア・ランティコットと申します。殿下のお噂はかねがね。ようやくお会いすることが叶《かな》い、光栄ですわ」

光栄だなんて、露ほども思っていないが、社交辞令というやつだ。ドレスの裾をつまみ、礼をする。それに対し、シルヴィオは最悪の態度で返してきた。

「お前がオレ様の婚約者という女か。ふん、見た目だけは合格だが、その中身はどのようなものだろうな」

「……」

――ほほう。こやつ、煽《あお》ってきよる。

言い返したくなる気持ちを必死で堪える。

初対面の婚約者に対する態度としては、全く、最低の部類に入るのではないだろうか。

実際、小説での彼も似たような台詞《せりふ》を吐いていた。それに対し、小説のヒロインは「殿下のお気に入るよう最大限に努力致す所存でございます。なんなりとお申しつけ下さい」などと殊勝なことを言っていたはずだ。

父の教育が見事に生きた台詞である。

だが、私がその言葉を吐くことは永遠にない。

何故なら私には自我があるから。そして、失礼な態度を取る相手に、丁寧に接してやる必要などないと判断するからだ。

——さて、どう出ようかな。

国王の態度、そして今のシルヴィオの台詞で、性格や状況が小説通りであるということは大体理解した。

ここで私が唯々諾々と王子に従えば、ドアマットヒロイン一直線なのは間違いない。

もちろん、それが分かっている私が、彼に易々《やすやす》と従うはずはないのだけれど。

とにかく、私としては、シルヴィオにさっさと嫌われ、ドアマットになる前に、婚約破棄の言葉を口にしてもらいたいところだ。

そのためには、シルヴィオの性格から、対応を考えるのが一番確実。

シルヴィオの女性の好みは『自分にどこまでも従順な女』。

まさに父が教育したヒロインそのものの女性である。実際の彼は、好みの女性を与えられたくせに満足せず、ヒロインをドアマット扱いするのだが、作者である私は知っている。

間違いなく、彼の女性の好みは『従順な女』なのだ、と。

そして、嫌いな女性は『気が強く、自分に逆らう女』。

彼は強気で、できる女が大嫌いなのだ。

自分に自信のない男の典型的なパターンである。

そして、今の私はどう見ても後者の性格をしている。

気は強いし、自分の意思は絶対に曲げない。

つまり！　今の私のまま王子に接すれば、間違いなく彼に嫌われることになるのだ。

――素晴らしい。完璧だ。

抜けのない論理に自画自賛していると、王子が眉を寄せながら言った。

「おい、返事をしないか。王子に対する態度がなっていないぞ。ありがたくもお前は、このオレ様の婚約者となったのだ。これからはオレ様を敬い、オレ様の言うことはなんでも聞くようにな」

いくら王子といえども横暴すぎる発言に、さすがの父も固まった。国王はうんざりとした顔をしている。

実に偉そうな顔をする王子を私は数秒見つめ、はあ、と分かりやすく溜息を吐いた。

ここからだ。

ここから小説を、私の作ったシナリオをぶっ潰すのだ。

その意志を強く持ち、王子を見る。今の私にできる、最大限の綺麗な笑みを作って言った。

「私、初対面の挨拶もまともにできないような方と結婚するのはごめんですわ」

「ク、クローディア！」

父が青ざめながら私を諫めたが、私は退かなかった。

何故なら、ここで彼に嫌われてみせると決意しているからだ。

「お父様。私、いくら王子といえども、挨拶の一つもできない方と結婚というのはさすがに……。王子というくらいですもの、もっときちんとした方だと思っていましたわ。期待外れですわね」

「……」

馬鹿にするように王子を見る。王子は呆然とした表情で私を見ていた。まさか言い返されるとは思わなかったのだろう。その日に怒りが灯っていく。

それを見た私は咄嗟にファイティングポーズを取った。

負けるものかという気持ちだったのだ。

王子が文句を言おうと口を開きかける。だが、それよりも先に国王が言った。

「全くもってその通りだ。いや、息子が失礼な態度を取った。クローディア嬢、そなたの言うことはいちいち尤もで、否定する気にもならん」

「父上！」

父親が婚約者の肩を持つというまさかの事態に、シルヴィオはギョッとした顔になった。

焦った様子で父親に訴える。

「こ、この女は王子であるオレ様に対して失礼な口を――！」

「愚か者め。最初に失礼な態度を取ったのはお前の方だろう。お前は、初対面の婚約者である女性に挨拶一つできないのか？　クローディア嬢の挨拶に対し、あのような……あまりにも情けなくて涙が出るわ」

「……くっ」

キッと私を睨むシルヴィオ。

だが、私は彼に睨まれたことより、国王が味方になってくれたことに驚いていた。

確かに国王は息子に見切りをつけるべきか考え始めている。だけど、まさかこんなにもはっきり、私側についてくれるなんて思わなかったのだ。

だけど、私にとってラッキーな展開であることは間違いない。

もしかしてだが、このままいけば、国王が「こんな息子と婚約させるのは申し訳ない」なんて言い出して、向こうから婚約解消を申し出てくれるのでは？　なんて期待すら湧いてくる。

――これはチャンスでは？

ワクワクする気持ちを抑えながらも期待を込めて国王を見つめる。

だが、国王から決定的な言葉が出る前に、シルヴィオが私に向き直り、口を開いた。

非常に苦々しい顔だ。

そんな顔をして一体何を言い出すかと思えば、彼は不本意だとありありと分かる顔で言った。

「――初めまして。サニーウェルズ王国第一王子、シルヴィオ・サニーウェルズだ。あなたと、こうしてお会いできたことを嬉しく思う」

私に向かって挨拶をする。その立ち居振る舞いは、見惚《みほ》れこそしないが、ギリギリ及第点といったところだった。

そうして私をぎろりと睨む。不服です、というのが丸分かりの態度だった。

「父上！　これで文句はないでしょう！」

「……まあ、ギリギリといったところだな」

どうだ、とばかりに私を見る王子。その王子に対し、国王は更に言った。

「挨拶はいいにしても、シルヴィオよ。今日の執務はどうしたのだ？　臣下たちにまたサボっていると聞いているが」

「あ、あんなもの！　オレ様がする必要もない雑務です！　ああもう、お前、こっちに来い！」

不利な話題になったと思った王子が私の腕を引っ張った。

どうせ部屋に連れていって、憂さ晴らしに色々と理不尽な命令をするつもりなのだろう。

作者である私は分かっている。

誰がそんなこと許すものか。虐げられるのはごめんなのだ。

私は勢いよく王子の手を振り払った。そして父に向かってキッパリと言った。

「お父様。私、挨拶もできない方と結婚するのも嫌ですけど、執務をサボるような方と結婚するのもごめんです。結婚相手には、人間として尊敬できる方を求めたいと思うのですが、贅沢《ぜいたく》な悩みでしょうか」

「ク、クローディア！」

もういい加減にしろという表情で父が叫んだ。

もはやその顔色は蒼白だ。

ヒクヒクと口の端を引き攣らせている父の目は「猫を被ると言っていたのは嘘だったのか」と私を責めていた。

嘘ではない。だが、私も我が身が可愛いのだ。許して欲しい。

しかし、これで確実にシルヴィオに嫌われたはず。

実際、シルヴィオを見れば、彼はわなわなと身体を震わせていた。

――よし、来るか？　来るか？

ワクワクとした気持ちでシルヴィオを見ていると、彼は予想に違《たが》わず、声を荒らげた。

「お、お前……王子であるオレ様に向かって……一度ならず二度までも……」

声が怒りで震えている。王子のプライドを傷つけたのだからそれも当然だろう。

ふと、国王の反応が気になりそちらに目を向けると、彼は面白そうな顔で私を見ていた。

私と目が合ったことに気づくと、にっこりと笑う。

――えっ、なんで笑うの？

彼も自キャラのはずなのに、どうして今笑われたのか、さっぱり分からなかった。

訳の分からない国王の行動に眉を寄せていると、彼はシルヴィオに言った。

「正しく、クローディア嬢の言う通りだな。執務を顧みないような男に嫁ぎたくない。うむ、よくぞ申してくれた」

「父上！」

カッと目を見開くシルヴィオを国王は軽くいなした。

その辺りは、さすがは国王といったところだろうか。息子の癇癪《かんしゃく》程度、屁《へ》でもないのだろう。

「いやいや、実に得がたい女性ではないか。お前にここまで言ってくれるような女性がいるとは私も思わなかった。クローディア嬢。礼儀など気にせず、シルヴィオに言いたいことはどんどん言ってくれ。それで罰するようなことはないと私の名にかけて誓おう。息子にはそなたのようにはっきりと意見を述べてくれる女性が必要なのだと思う。是非！　息子のこと、よろしく頼む」

――は？

呆然と国王を見る。

気のせいでなければ、是非、のところに、無駄に力が入っていたように思う。

「父上！　オレ様は、こんな女など！」

我に返ったのか、国王に言い募り始めたシルヴィオだったが、私も全くの同意見だった。

自分がとても無礼なことを言った自覚はあるのだ。それなのに、息子に必要？　罰することはない？　一体国王は何を言っているのか、ちょっと意味が分からない。

——私、罰される覚悟で悪口言ったんだけど、どういうこと？

頭の中がクエスチョンマークでいっぱいだ。

動揺する私に、父親に文句を言っても埒《らち》があかないと理解したのだろう。シルヴィオは私を睨みつけてきた。

「お前！　お前が余計なことばかり言うから……！　大体、お前はオレ様の婚約者なのだろう？　婚約者なら大人しく言うことを聞いておけばいいんだ！　オレ様が許可する言葉以外を話すな！」

その言葉にカチンときた。笑顔で口を開く。

「あら、そのような言葉は、きちんと仕事をなさってからおっしゃって欲しいものですわね。仕事も勉強も放り出して遊んでいるような方に命令されても従おうなんて微塵も思いませんわ」

我ながらキツい言葉だなと思ったが、後悔はなかった。

何故なら、これは私の本心でもあったからだ。

私の書いた話では、シルヴィオは王族の義務を全て放棄し、自由気ままに振る舞った挙げ句、クローディアを捨て、最終的には自業自得により廃嫡にまで追いやられる。

彼の性格。これから行うであろう悪行の数々。それらを思えば、彼が破滅するのも仕方ないのだが、その筋書きを素直に受け入れたくないと考えていた。

それは何故か。

理由は簡単。彼が、私の作った愛すべきキャラクターだからだ。

私が彼を『そういうキャラ』として作った。だから彼はこうしてそこに存在し、皆に疎まれ、自滅の道を歩もうとしている。

それは、話としては正しいのだろうけれど、今の私には黙って見過ごすことはできなかった。

私はドアマットヒロインから脱却したいし、何としてもそうするつもりだ。でもそれならば、彼にだって、ざまあ要員から逃れる道があったっていいのではないか、と考えてしまったのだ。

実際に会った彼は酷く腹立たしい男で、正直、どうしてこんな奴を助けなければいけないんだと思わなくもない。

だけど気づいてしまったのだ。私は、私のキャラクターに愛着があるのだということに。

私は自キャラである彼が愛おしい。愛おしいと感じてしまった。これは作者としての愛だ。だからどうか彼にも幸せになってもらいたいと本心から思う。

彼の性格上、幸せになるのは難しいのかもしれないけれど、そういうチャンスを与えることくらいはしてもいいのではないかと考えたのだ。

だからこその先ほどの言葉だった。

彼の置かれている状況を、遠回しに伝えた。厳しい言葉だけれど、ここから彼が何かを汲《く》み取ってくれればいい。そんな一縷《いちる》の望みを託して。

と、まあ、それとは関係なく、ここまで言えば「こんな女はお断りだ」と言ってくれるだろうという打算もあったのだが。

ともかく、私は確信犯的にシルヴィオを煽りまくった。これ以上ないくらい、煽りに煽った。

さあ、婚約破棄を告げるがよい。満面の笑みでＯＫしてやるから。

そんな気持ちでシルヴィオを見る。

多分、相当なドヤ顔をしていたと思う。

彼は私の言葉にショックを受けたのか、唖然《あぜん》としていたけれど、やがて先ほど以上に身体を震わせ始めた。

「……ろよ」

「はい？」

彼が何を言ったのか、聞こえなかった。

もう一度、という風にシルヴィオを見ると、彼はキッと私を睨み、大声で叫んだ。

「覚えてろよ‼　このクソ女め！　絶対に見返してやるからな！」

「は？」

そうして、唖然としている私をその場に残して、部屋の外に走っていってしまったのだ。

私は自分の置かれた状況を理解できず、パチパチと目を瞬かせた。

「え……？　なんで、逃げるの？」

――婚約破棄は？

何が起こったのか。思わず、説明を求めるように国王を見る。

彼は実に楽しげに笑っていた。他人事《ひとごと》だからできる笑いであろう。ものすごく腹が立つ。

「はっはっはっ……なるほど、なるほど。そう来たか。ああ、うん。アレには良い薬になったことだろう。クローディア嬢、感謝するぞ。今後ともあやつを見捨てず、婚約者としてビシビシ指導してやってくれ。多少殴ったり蹴ったりしてくれても構わん。私が許す」

「……へ？」

とんでもないことを国王から言われ、目が点になった。

殴っても蹴ってもいいから、指導してくれとはどういうことだ。私は彼の婚約者であって、教育係ではないのだけれど。

助けを求めるように父に目を向けると、彼はすでに諦観の表情で、「私には関係ない」と言うように首を横に振った。どうやら助ける気は全くないらしい。

なんて頼りにならない父だ。

「お父様……」

「……陛下がいいとおっしゃるのだ。好きなようにやるといい」

「……」

――いや、それなら婚約を解消してもらいたいのだけれど。

なんだこの展開と本気で首を傾げていると、少し離れた場所から忍び笑いが聞こえてきた。

こんな時に、なんて不謹慎な。

一体誰がと思い、笑い声のした方向を見ると、そこには一人の騎士が立っていた。

「あ――」

金髪碧眼の優しげな面立ち。貴公子という表現がピタリと嵌まるような青年だ。彼がどこの誰なのか、もちろん作者である私は知っていた。

――ロイド・ヴェルヴェッキオ。

侯爵家次男。『ビスクドールは夢を見る』において、ヒーロー的立ち位置の男である。

つまりは、私『クローディア』のハッピーエンドのお相手ということだ。

彼の存在に気づき、つい渋い顔をしてしまう。

――なんで、こいつまでいるの？

シルヴィオの方に気を取られていたからだろう。今の今まで気づかなかった。

彼――ロイドは何が楽しいのか、声を押し殺して笑っている。

「あの……」

気づいたからには声を掛けないわけにはいかない。私が呼び掛けると、彼は姿勢を正して、自己紹介してくれた。その表情は柔和で、穏やかな人柄が滲《にじ》み出ている。

「申し遅れました。私はロイド・ヴェルヴェッキオと申します。殿下のお側近くに仕えさせていただいております」

「はあ……それはどうも……」

「実は殿下と一緒にこちらに来ていたのですが……いえ、先ほどはお見事でした。見事にぐうの音も出ないほどやり込めていらっしゃいましたね。非常に胸の空《す》く思いでした」

「……そうですか。楽しんでいただけたようでよかったですわ」

私は気づかなかったが、どうやらロイドは最初からシルヴィオと一緒にいたらしい。

彼は楽しげに笑いながらこちらにやってくると、国王と父に挨拶をしてから私に言った。

「是非、私からもお礼を言わせて下さい。あの殿下にあそこまではっきり物を言って下さる方は今までお一人もいらっしゃいませんでした。是非！　今後とも殿下をよろしくお願い致します」

「……はい」

こちらもか。

やはり『是非』に力が込められすぎている。

ここで嫌ですと正直に言えたらどれだけよかっただろう。

だが、残念ながら私は空気が読める大人であった。

私の暴言を聞いても諌めるどころか、いいぞ、もっとやれと言わんばかりの国王に、同じく、今後もよろしくと言ってくる側近。

父はもう勝手にしろという顔をしているし、唯一、何か言ってくれそうな宰相は、先ほどからニコニコしているだけで、口出しする気は露ほどもなさそうだ。

つまり、これだけ人がいて、私の味方になってくれそうな人が一人もいない状況。

そう、婚約を解消すればいいんじゃない？　と助け船を出してくれる人が誰もいないのだ。

言いたい放題言ってやり込めたというのに、なんたる仕打ちだ。

一体どうなっていると舌打ちしたい気分だったが、それだけシルヴィオがすでに皆から見放されている状況なんだなと、嫌なことに気がついてしまった。

彼の破滅へのカウントダウンはすでに始まっているのだ。だけど、皆、完全に諦めているわけではない。だからこそ、彼に厳しいことを言えた私に期待していると、そういう話なのだ。

ということは、つまり、だ。

——あれ、私、失敗した？

強気で行って嫌われよう作戦は、シルヴィオにこそ効いたかもしれないが、その他全員にはむしろこういう人材を求めていたとばかりに大歓迎されてしまったと、そういうことではあるまいか。

——なんだそれ。

思わず遠い目になってしまう。

少なくとも、国王から『婚約解消』の言葉が出ることはなさそうだ。

眩暈《めまい》がしそうだと思っていると、その場にいる父を除く全員から、「今後とも王子を頼む」と熱い握手と共にお願いされてしまった。

◇◇◇

「あれ？　意外と平和？」

これからどうなってしまうのだろうと、戦々恐々とした日々を送っていた私だったが、あの顔合わせの日から約二ヶ月。私は城に呼び出されることもなく、実に平和な時間を過ごしていた。

言いたい放題、やりたい放題した私に、父は完全に匙《さじ》を投げ、もう勝手にしろと放置状態。

絶対に何か仕掛けてくると思っていた王子シルヴィオも、何も行動を起こしていない。

実に、平和な日々だ。

「なんてこと。まるで婚約なんてなかったかのような平穏ぶり。はっ！　そうよ、きっと私が王子と婚約しているなんて話も悪夢だったんだわ。本当の私は、自由を満喫している。きっとそういう――」

「お嬢様。現実を見て下さい。お嬢様が殿下とご婚約中であるという事実は微塵も変わっておりません」

「……夢くらい見させてよ」

屋敷の中庭にテーブルを出し、楽しくお茶をしながら妄想に耽《ふけ》る私に、メイドのアメリアが身も蓋もないことを言ってくる。

アメリアは頼りになるメイドで、私も重宝しているが、切れ味の鋭すぎる突っ込み能力は要らなかった。鋭すぎて、私がすぐに重傷を負う。心の方に。

「はあ……お茶が美味しい……」

お気に入りのハーブティーを飲み、心を落ち着ける。

今日のお茶は、リラックス効果が期待できるカモミールティーだ。味もさることながら、胃にも優しく、最近はカモミールティーばかり飲んでいた。

私は一度嵌まると、同じものばかり口にする傾向がある。大体、半年くらいブームが続き、また新たなブームへ移っていくのだ。

今のカモミールティーブームは二ヶ月くらい前から始まっている。まだ飽きる気配はないので、しばらくはこの黄色いお茶を飲み続けることになるだろう。

ハーブティーを飲み、ほっこりとした気分になった私は、アメリアに言った。

「でも、実際のところ、何も動きがないじゃない。正直、顔合わせした後は、これからどうなるのかしら、王子に毎日呼び出されたりするのかしら、なんて考えていたけど、全くの杞憂《きゆう》だったし。ああ……どうせならこのまま結婚も流れてくれないかしら」

「お嬢様が殿下の婚約者であるという事実がある以上、いつかは結婚という話になると思いますが」

「ほんっと、その『婚約者』って称号、誰か私から剝がしてくれないかしら。こんなに要らないと思うものもないのに」

本当に、心から要らない。

欲しいという人がいるのなら、どうぞどうぞと熨斗《のし》をつけて差し上げたいくらいだ。

ちなみに、クーリングオフ制度はないから、返品は受けつけない。

とはいえ、今言ったように、現在の私は平和で、結婚の『け』の字もないような状況。はっきり言って、人生で一番平穏な日々を送っている最中だ。このままこの平和が続けばいいのにと本気で願ってしまう。

そんなことを考えていたのがいけなかったのだろうか。

鳥の声や風の匂いを楽しみながらお茶を飲んでいた私に、予期せぬ邪魔が入った。

「ふんっ。オレ様が来てやったぞ！」

「……」

予告も何もなく、突然屋敷にやってきたのはシルヴィオだった。しかも私がいる中庭まで。更にはとても偉そうな態度で私を見下ろしている。

美しい面差しに、前に着ていたのと同じ、黒地に赤が入った軍服めいた格好。

相変わらず、見た目だけは完璧な男だ。だが、目の下に隈《くま》ができており、それがらしくないなと気になった。

――なんだろう。徹夜でもして遊んでいたのだろうか。

この男なら普通にあり得るとは思うが。

シルヴィオを観察していると、彼は何故か満足げな顔をして頷いた。

「驚きで声も出ないのだろう。分かる。分かるぞ。何せこの、オレ様が！　わざわざ来てやったのだからな！　感涙に噎《むせ》ぶがいい！」

「……いえ、結構です」

二ヶ月前と全く同じ、偉そうな態度に溜息しか出ない。

一体、彼は何をしに、わざわざここまでやってきたのか。

私は呆れを隠さない口調で彼に問うた。

「……何をしに来られたのですか、殿下。ご来訪の予定は聞いておりませんが」

出そうと思っていた以上に冷たい声になり、自分でも驚いた。

どうやら午後のお茶の時間を邪魔されたことに、私は相当腹を立てていたらしい。

無自覚だったのだが、今の自分の声で気がついた。

「いくら婚約者だといっても、事前の約束もなく勝手に来られるのは困ります。それとも父の承諾をお取りになられたのでしょうか。それなら聞いていなかったとはいえ、お迎えできなかったことを謝罪するしかないのですが」

立ち上がり、シルヴィオに言う。彼は「うっ」と数歩後退し、「だ、だが……」と言い訳を始めた。

「公爵は入れてくれたぞ！」

「当たり前でしょう。娘の婚約者である殿下を、追い返すわけにはまいりませんからね。で？　このような常識外れな真似までなさってここまで来られた理由はなんです？　まさか、理由もなく、なんとなく、なんてことはございませんよね、殿下」

「あ、当たり前だ！」

どうだかという顔でシルヴィオを見る。彼は改めて胸を張ると、実に偉そうな声と態度で言った。

「お前はオレ様のことをサボってばかり、などと言っていたな！　だが！　オレ様はあれから今日までというもの！　一度も公務をサボらなかったぞ！」

「……え」

一瞬、何を言われたのか本気で理解できなかった。

パチパチと目を瞬かせる私に、王子がドヤ顔をしてくる。

「どうだ！　驚いただろう！」

「……ええ、はあ。まあ……それは」

確かに、驚いた。

具体的には、公務をこなしたことを私にわざわざ報告してきたことに、だが。

私は何かを期待するような目で見てくる王子に、真顔で問い掛けた。

「で？」

「ん？」

「それをわざわざ私に言うことが、無断で屋敷を訪れた理由なのですか？」

「そうだ！」

「……」

一切の躊躇《ちゅうちょ》なく頷かれ、責める気力もなくした。

――マジか、この男。公務をこなしたと言うためだけに屋敷まで突撃してきたのか……。

ものすごい脱力感に襲われた。

今の気持ち。正直に言うのなら「ガキか」である。

――うーん、シルヴィオってこんなんだったかなあ。

わりと真面目に考えていると、シルヴィオが私に話し掛けてきた。

「で、どうだ！」

「……どうだ、と言われましても」

「見直したか！」

「……」

どうやら彼は、仕事もしないような男はごめんだと言われたことに、相当プライドを傷つけられていたようである。そして私を見返すべく、姿を見せなかったこの二ヶ月、真面目に励んでいたと、そういうことらしい。

「……はあ」

「なんだ！」

「あのですね」

「おう！　己の愚かさを認め、オレ様に謝罪する気になったか！」

「いえ、違います」

シルヴィオの言葉をキッパリと否定し、私は彼に言った。

国王には好きにしていいと言われている。それならもう、言いたいように言おうではないか。

「たかが二ヶ月続けたくらいで何を偉そうに。あなたが何年、仕事も勉強もサボり続けてきたと思っているんですか。それを思い返してから、発言して欲しいですね」

「な、何年もなんて……オレ様は！」

「何年も、でしょう。私が知らないとでも思いましたか？　婚約者のことを調べるのは常識ですからね。あなたが子供の頃から家庭教師たちから逃げ回っていたこと、するべき執務を怠っていたことは知っていますよ。それをたかだか二ヶ月続けただけで、よくもまあ報告になど来られましたね」

我ながらいやみだと思いながらもにっこりと微笑む。

お前の悪行は知っているぞという顔で彼を見ると、シルヴィオの顔色は蒼白になっていった。

「な、なんでオレ様のこと……」

「ですから、婚約者のことくらいは調べると申し上げたでしょう。あなたが執務や勉強をサボるのは有名な話ですからね。知ろうと思えばすぐに知ることができますよ」

嘘ではなかった。

実際、シルヴィオの怠け癖は王城内では有名で、父でさえたまに「あのような方が跡継ぎで本当に大丈夫なのか……いや、王家を疑うなどしていいはずがない」などと言っているくらいなのだから。

「わざわざ知らせに来て下さったのは、私に謝罪させたかったからですか。残念でしたね。たかが二ヶ月程度頑張ったところで、謝罪しようなんて気には到底なりません」

「くっ……オ、オレ様だって頑張ったのに……！」

「……具体的には？」

シルヴィオがあまりにも悔しそうに言うので、思わず聞いてしまった。

おそらくは話を聞いて欲しかったのだろう。シルヴィオの顔がパッと輝く。

「外国からの賓客ももてなしたし、国民の面会希望にも応じた。軍部の面倒くさい会議にだってあれからは毎日出席してる。それにな、慈善活動だって頑張ったんだ！」

「……」

頑張った、というのは少なくとも誇張表現ではなかったようだ。

普通に、真面目に仕事をしている。

ただ、彼が挙げた項目の中に勉強がなかったなと思った私は、何とはなしに彼に聞いた。

「勉強はどうなさいました？　真面目にしていたということは、もちろん勉強も頑張ったと、そういうことですよね？」

「うっ……！」

痛いところを突かれた、という顔をしたシルヴィオに、私は「あ、これは逃げたな」と一瞬で察した。

「逃げていたんですね？」

「で、でも！　仕事の方は頑張った！」

「……」

「……」

ジーッとシルヴィオを見つめる。彼は何とも情けない顔をしていた。

本当にこの男が、私をドアマットヒロインにする男なのだろうか。ちょっと自分で書いた話のことなのに疑わしく思えてきた。

「……殿下」

「な、なんだ……」

少しだけ考え、私はシルヴィオに近づき、手を伸ばした。その頭をぐしゃぐしゃと撫《な》でる。

「え……？」

「頑張りましたね。まだまだですけど、殿下の努力は認めます」

金色の目が驚きで見開かれる。私は王子の頭から手を退《ど》け、彼を見た。

私の自キャラ。愛すべき我が子とも言える存在。

その彼が、努力したのだと報告してきて、作者である私が嬉しく思わないはずがない。

シルヴィオは、努力するようなキャラではなかった。私が描いた彼は、我が儘で傲慢で、救いようがなかった。だけど今、目の前にいるシルヴィオは、そこから少し脱却し始めたような気がする。

私が知らなかった彼の可能性を見せてくれたのだ。

書かれた物語をただなぞるだけではなく、その先に進める可能性を。

それが、単純に嬉しかった。

だから、彼を褒めたのだ。

婚約者としてではない。彼を生み出した親として、よくやったと言ったのだ。

「殿下もやればできるのではないですか。その調子でこれからも頑張って下さいね」

「お、お前、偉そうに‼」

「これは失礼を致しました」

確かに、王子に対して上から目線でよくなかったかもしれない。

思わず、笑う。

「っ⁉」

「殿下？」

カッと目を見開いたシルヴィオの顔は真っ赤だった。あと、妙に嬉しそうにも見える。

「どうなさいました？　お顔が赤いようですけど」

こてんと首を傾げながらも尋ねると、シルヴィオは顔を赤くしたまま私に言った。

「なんでもない！　お、お前を見返すには、まだ足りないことが分かった！　お、覚えてろよ。今度こそ、吠《ほ》え面かかせてやるからな‼」

そうして来た時と同じく、別れの挨拶すらなく走っていってしまった。

「お帰りですかって……あー……もう行っちゃったか……」

まあいいか、と思い、私は再び椅子に座った。

冷えてしまったハーブティーを恨めしげに見つめていると、黙って控えてくれていたアメリアが、新しいカップを差し出してくる。

「どうぞ、お嬢様」

「ありがとう」

中には熱々のハーブティーが入っており、私は気が利くメイドの仕事に深く満足した。

再びカモミールティーを味わいながら、アメリアの顔を見る。

「結局、殿下は何をしに来られたのかしら？」

嵐のようにやってきて、嵐のように去っていってしまった。

意味が分からないと眉を寄せていると、アメリアもそうですねえとのんびり言う。

「私には、殿下がお嬢様に認めて欲しがっていらっしゃるように見えましたけど。だからまあ、よかったのではありませんか？　頭を撫でられていた殿下、とっても嬉しそうでしたもの」

「そう？　それならいいんだけど」

無自覚でやってしまったことなので、嫌がられていなかったのなら何よりだ。

今日のお茶請けはレモン尽くしだ。レモンのクッキーや、ワッフル、スコーンやゼリーなどが置いてある。そのうちの一つであるクッキーを嚙《かじ》りながら、私はようやくあることに思い至った。

「婚約破棄するって、今回も言ってもらえなかったわ」

先ほどの流れなら、上手くすれば「誰がお前みたいな女と結婚するか。婚約なんか破棄してやる」と言ってもらえる可能性も十分にあったのに。

これは手痛い失敗をしてしまったものだ。

とはいえ、終わってしまったものを嘆いても意味はない。

とりあえず、今、虐げられていなくて、幸せに暮らせているのなら問題ないからだ。

シルヴィオとの接触は最低限で済んでいるし、彼と関わり合いが殆どない今の状態ならドアマットヒロインにはなりようがない。

「それなら、ま、いっか」

さっさと婚約破棄してもらいたいところではあるけれど、焦ってもしょうがない。

気持ちを切り替えた私は、シルヴィオが来たことなどすっかり忘れて、美味しいお茶を心ゆくまで楽しんだ。

◇◇◇

「今日のオレは！　今までとは少し違う！」

「はいはい。何をしてきたのか話して下さい。面倒くさいですけど聞いてあげますから」

「お前は！　オレの婚約者だろう！　適当に扱うな！」

「はいはい」

「それが適当だと言っている！」

うるさいなあと思いながら、耳を塞ぐ。

こんなやりとりも、毎回のことなのですっかり慣れてしまった。

あれからシルヴィオは飽きもせず、毎月のように屋敷に突撃してくるようになった。

月に一度。

私に、自分がいかに努力したのか、頑張ったのかを報告してくるのだ。

その度に「どうだ」と私を見て、「たかが数ヶ月程度で自慢しないで下さい」と私にあしらわれては、悔しげに城に帰っていくのが定番のやりとりとなっていた。

ちなみに、そのやりとりの中には「よく頑張りましたね。次も頑張りましょう」と彼を褒めることも含まれている。

何故か、シルヴィオは私に頭を撫でてもらうのが気に入ったらしく、仕事をした、勉強をしたと私に報告に来る度、自ら頭を差し出してくるのだ。

最初にやられた時は、正直意味が分からなかった。

「……ん」

「……何ですか？　頭を出してきて」

「……撫でないのか」

「撫でて欲しいんですか？」

「……！　お前が撫でたいだろうと思ったのだ‼」

「……」

真っ赤な顔で怒鳴られても怖くない。とりあえず、私は「そうか……前回のアレ、気に入ったのか」と遠い目をしながら年上の婚約者の頭を撫でた。

「はいはい、よく頑張りました」

最後にポンポンと肩を叩《たた》く。

王子、いや婚約者にすることではないのでは？　とも思ったが気にしないことにした。

シルヴィオは満足げに頷くと、また来月来る、と言って上機嫌で帰っていった。

はっきり言って、意味が分からない。

彼を見送る私に、アメリアが言った。

「また、来月来るそうですよ？」

「……みたいね。来なくてもいいのに」

「まあ、それは無責任では？　殿下を手懐《てなず》けた責任をお取りになるべきだと思います」

「手懐けたって……言い方」

「先ほどのご様子。私にはそのようにしか見えませんでしたが」

「……」

キッパリと言いきられ、否定できなかった私はそっと目を逸らした。

これが、襲撃二回目の出来事だった。

ちなみに、これは父も知っており、偶然目撃した父は頭を抱えてその場に蹲《うずくま》っていた。

どうやら見たくない光景だったらしい。

分かる。

自国の王子が娘に頭を撫でられて喜んでいるところなど、私が親でも見たくないと思うから。

とはいえ、その状況を作り出しているのが私だったりするのだから、苦笑いするしかないのだが。

そういうわけで、彼は毎月、せっせと我が家にやってくる。

当然、婚約が破棄されるはずもなく、不本意ながらも絶賛継続中。

私の目標である婚約解消はいつ叶うのか、全く先が見えない状況だ。

「はあ……よく続きますね。いい加減、諦めればいいのに」

今月も元気にやってきた王子に目を向けると、彼は嬉しそうに胸を張った。

すでにあれから一年以上が過ぎている。まさかこれほどまでに彼が頑張り続けるとは思わず、それについては意外だった。

もっと彼はクソでどうしようもない男だったはずなのに、こんなに真面目な一面があるなんて知らなかった。月に一度、しかも短い時間しか会わないというのに、毎回私の知らない彼の姿が出てきて戸惑ってしまう。

本当にこれは、私の書いた『シルヴィオ』なのだろうかと、疑問に思ってしまうのだ。

億劫《おっくう》だと溜息を吐く私に、シルヴィオが元気いっぱいに言う。

「オレが諦めるはずないだろう！　お前に認めさせるまでは、続ける！」

「意外に殿下は粘着質ですね。私はもう飽きました」

「お前が最初に勝負を持ち掛けてきたのだろう！　飽きたとか言うな！」

「勝負なんて持ち掛けてませんけど」

ただ、正直に、こんな男と結婚するのは嫌だと言っただけである。

勝手に勝負をし始めたのはシルヴィオであって、断じて私ではない。

「ふ、ふん。とにかくだ。オレはお前が『参りました。さすがシルヴィオ様です』と言うまで毎月通い続けるからな！」

「『参りました。さすがシルヴィオ様です』。これでいいですか？　来月から来ないで下さいね」

「心が籠もっていない！　そんなものでオレが惑わされると思うなよ‼」

「シルヴィオ様、声が大きいです」

耳がキーンとする。思わず耳を塞ぐと、「お前がいい加減なことばかり言うからだろう！」と逆に怒られた。解せぬ。

「とにかく、だ。オレはお前が本心から認めるまで、これまで通り通い続けるからな」

「うわあ……迷惑ですね」

「お前……父上に許されているからと、本当に言いたい放題だな」

苦々しげに言われたが、どこ吹く風である。

だって、国王がそれでいいと言ったのだ。それに私はシルヴィオに嫌われても一向に構わない。むしろ一日も早く、「こんな奴とは結婚できない。婚約破棄だ！」と高らかに告げてもらいたいのである。

故に媚《こ》びる必要性を全く感じない。雑な扱いになるのも仕方がないと思う。

はあ、と再度溜息を吐き、そういえば、と思った。

先ほどから妙な違和感があったのだが、その正体にようやく気がついたのだ。

「シルヴィオ様、『オレ様』って言うのはやめたんですね」

出会った時からずっと、彼の一人称は『オレ様』だった。それがいつの頃からか、普通に『オレ』に変わっていたのだ。

そのことに気づき、指摘してみたのだが、何故か彼は愕然《がくぜん》とした顔をしていた。

「シルヴィオ様？」

「本気で今まで気づいていなかったのか……」

「はあ？」

「数ヶ月前にはすでにやめていたと思うのだが……」

本気で気づいていなかった私は、目をぱちくりとさせた。

「そうでしたか？　興味がないので、気づきませんでした」

「そこは、嘘でも興味があると言え！　オレが可哀想だろう！」

「いえ、全く、可哀想とは思いませんね」

可哀想なのは、ドアマットヒロインから完全に脱却できたと言いきれない私のことである。

真顔で言い返すと、シルヴィオは、はあと疲れたような溜息を吐いた。

やめて欲しい。その溜息は私の専売特許なのである。

「なあ、オレがお前の婚約者だということは分かっているんだよな？」

「はい。残念ながら」

「それなら、もっとオレに対して、興味を持ってくれ」

「……善処します」

態度を変える気がないと言外に言うと、シルヴィオは「お前はそういう奴だよな」と疲れたように言った。

「最初に会った時は、もっと大人しい感じかと思っていたのに、大違いだ」

「父にも、頭を抱えられましたから」

「そこは、自信を持って言うところではないと思う」

シルヴィオに諭されると、なんだか自分が駄目人間のように思えてくる。

微妙な顔になっていると、シルヴィオが「それで――」と話を戻してきた。

「オレが、オレ様という一人称を変えた理由なんだが――」

「馬鹿っぽく見えるからですよね。やめて正解だと思いますよ」

私の書いた小説でも、彼は自分のことを『オレ様』と言っていた。本当に自分に自信のある人間が『オレ様』と言うのと、張りぼて人間が『オレ様』と言うのでは全く違う。

シルヴィオの『オレ様』はまさにその張りぼてで、自分を強く見せたいと足掻《あが》く彼の主張でもあったのだ。

その『オレ様』をわずか一年足らずで自分から捨て去った彼に、私は今更ながら感心していた。

「シルヴィオ様がオレ様って言う度に、ああ、虚勢を張ってるなあって思ってたんです。よかったと思いますよ」

「……頼むから歯に衣着せて物を言ってくれ。間違っていないだけに、胸に突き刺さるから」

嫌そうな顔をするシルヴィオ。そんな彼を見て、私は本気で驚いていた。

「え、シルヴィオ様。間違っていないって認めるんですか？」

虚勢を張っている、なんて言ったのだ。絶対に怒り狂うと思っていたのに。

真面目に驚いたのだが、シルヴィオは苦い顔をしつつも頷いた。

「だから、やめたんだ。その……あまりにも格好悪いんじゃないかって思って」

「まあ、実際、格好悪かったですし、今も格好良いとは思いませんけど」

「だから、少しは取り繕ってくれ！」

「お断りです。陛下にも、殿下には正直に接してくれと言われていますし」

嘘ではないのでそう言うと、シルヴィオはがっくりと項垂《うなだ》れた。

「まあいい。本当はよくないが、お前に言っても意味がないことはこの一年でよく！　分かっているからな」

「殿下も成長なさいましたね。陛下もさぞかしお喜びのことと思います」

「そんなことで褒められても全く嬉しくないし、そこで父上を引き合いに出すな」

「あらあら」

せっかく本気で褒めたのに、素直に受け取ってはもらえないようで残念だ。

クスクスと笑っていると、シルヴィオも笑い出した。

その表情は柔らかく、今まで見たことのないものだった。

それにちょっぴり驚いてしまう。

「殿下、そんな顔で笑えたんですね」

「は？」

「今、すごく優しいお顔をしていらっしゃいます」

「オレが？」

「はい」

とても良い笑顔だ。

そう思って告げると、シルヴィオは呆気に取られた顔をした。

そんなことを言われるとは思っていなかったという表情だ。

「私は、良いと思ったことは良いと言いますよ。別に、貶《けな》すだけなんてことはしません」

「いや、それは分かっているが……お前は、なんだかんだ言っても、最後にはオレを褒めてくれるし」

「はい、殿下は頑張っていらっしゃいますからね」

一年以上も彼は、私に認められたいがためだけに頑張り続けてきている。それはすごいことだと素直に思うし、原動力になれたのならよかったと思う。

シルヴィオを褒めると、彼は照れたように笑った。その顔も可愛い。

思わず、生みの親としての視点で見つめていると、シルヴィオは仕切り直すようにわざとらしく咳払《せきばら》いをした。

「それで……だな。話を戻すぞ」

「何の話をしていましたっけ？」

本気で忘れていたのでそう言ったのだが、思いきり睨まれてしまった。

「このオレの！　先月の成果の話だ‼」

「ああ。そういえば、そうでしたね」

そのために、彼はわざわざうちの屋敷までやってきているのだった。

思い出し頷くと、彼は、「すごく気が削《そ》がれた……」と嫌そうに言った。

嫌なら言わなくていいからさっさと帰って欲しいところだ。

「で？　はい、どうぞ。聞きますよ」

「……お前、それはあまりにも適当すぎではないか？」

「毎月のことですから」

そう、本当にこれは毎月のことなのだ。

このやりとりは、すでに一年以上もの間、続けられているのだから。

最初は、気まぐれだろう、すぐに飽きるだろうと思っていても、一年続くと見る目も変わる。

彼が、本当に変わってきたのだと、理解するには十分な時間が経ったのだ。

それは私だけではなく周りも同じだ。

私との顔合わせ直後から、人が変わったように政務に励み、勉強をするようになったシルヴィオを、周囲は当初、冷ややかな目で見ていた。

何があったのかは分からないが、どうせ今だけですぐに飽きるだろう。期待しても無駄だ。

そう思い、勝手にさせておこうと放置していたのだ。

だが、半年が過ぎ、一年が経つ頃には、皆も、王子は本当に変わったのだと認識を変えるまでになってきた。

未だ、疑っている者たちはいる。いつ、掌《てのひら》を返すのではないかと戦々恐々としている者たちは少なからずいる。だけど、もしかしてと期待を抱き始めた者たちも確かにいるのだ。

——ここまで頑張るとは、私も思わなかったしね。

とはいえ、多少の責任も感じている。

何せ、彼の動機は、『この女を見返してやりたい』である。

つまり、私が彼を認めてしまえば、その時点で今まで続けてきた努力をやめてしまう可能性があるのだ。

そのため、すでに彼を認めていたとしても、私だけは『NO』を突きつけなければならないのである。とても残念だが、彼のためにはその方がいいと分かっているので、まだしばらくは、『物足りない』と言っておくことにしようと思っている。

「どうぞ」

色々な思いを綺麗に隠して、シルヴィオに話を促すと、彼は不承不承ながらも口を開いた。

「一週間前、以前から準備していた新たな孤児院を開院することができた。これであの地区にいる孤児たちを受け入れることができる。これで少しでも、苦しむ子供が減るといいのだが」

シルヴィオがここ最近、孤児たちの対策に走り回っていたのは、彼から直接話を聞いていたから知っている。それがようやく実を結んだのだと言う彼の顔は達成感に満ちていて、私は「ああ、シルヴィオも成長しているんだなあ」と感慨深い気持ちになっていた。

シルヴィオが窺うように私を見てくる。

「その……どうだ？」

「素晴らしい成果だと思います。ですが、殿下のご身分を考えると、これで満足してしまうのはどうかと。更なる努力と精進を期待していますね」

「くそっ！　まだ駄目か‼」

悔しそうに地団駄を踏むシルヴィオを、穏やかな気持ちで見つめる。

本当は、手放しで彼を褒めてあげたい。もう十分に成長した。あなたは立派な王子になったと言ってあげたい。

だけど、それはできないのだ。

もしそれを言って、彼が今までしてきた努力をやめてしまったら？

そう思うと、簡単に彼を認めることはできなかった。

悔しがっていたシルヴィオが顔を上げ、「また来月だな」と決意に満ちた顔をする。

そうして無言で頭を差し出してきた。

私が撫でやすい絶妙な角度である。

「……」

無言の催促に、私は手を伸ばし、いつものようにその頭を撫でた。

彼の髪質は硬く、頭を撫でるとチクチクする。赤い炎のような髪は染めているわけではないので根元まで綺麗な色をしている。くしゃくしゃとかき混ぜ、彼に言った。

「よく、頑張りました。また次の報告を待っていますね」

「任せておけ！」

手を退けると、彼は勢いよく顔を上げ、私に宣言した。

「きっと、近いうち、お前に認めさせてみせるからな！」

「はいはい。期待しないで待っています」

「そこは嘘でも期待していると言え！　馬鹿者！」

怒鳴ってくるシルヴィオだが、頭を撫でられて喜んだ直後に言われても全く怖くはない。

「また、来月来るからな！」

「来なくても構いませんよ」

「絶対に行く！　覚えてろよ！」

いつも通りの捨て台詞で帰っていくシルヴィオを見送る。

彼は王子として正しい道を歩み始めたが、いい加減、アポなしで来るのはやめて欲しいところだ。

最近の彼は、家庭教師も驚くほどの勉強家で、立ち居振る舞いも完璧。行儀作法も文句なしと聞いているのだが、私に対してだけは、以前の彼のままというのが、理解しがたい。

「困るんだけどね。突然、来られるのは。こちらにも予定があるって、分かっていらっしゃるのかしら」

全くもって困っている。何せ、彼が来るのは完全にランダムなのだ。ちょうど一ヶ月後とかならこちらも予定を立てやすいのだが、本当に突然来るので、用事がある時に当たったらどうしようかとヒヤヒヤものだ。

あれだけはなんとかして欲しい。

忙しい人だから、空いた時間に来るしかないのは分かるが、事前に連絡くらい欲しいと思うのは当たり前だろう。

頬に手を当て、嘆息していると、大人しく控えていたアメリアが言った。

「お嬢様が浮気をしていらっしゃらないか確かめるために、わざと予定をおっしゃらないのではないですか？」

「は？」

思わずアメリアを凝視した。あり得ない話に目を丸くしていると彼女は「ふふふ」と楽しげに笑う。

「予定を言わなければ、お嬢様も動きにくいでしょう？　浮気防止だと思っていらっしゃるのでは？」

「……ないない。何を言ってるのよ、アメリア。殿下は別に私のことなんて好きでもなんでもないんだから、そんなことする必要ないでしょう？」

彼が毎月私のところへやってくるのは、私に認められたいからだ。

決して、私に対して恋愛感情があるわけではない。それくらい分かっている。

大体、王子がクローディアを好きだったという設定なんてない。

シルヴィオとフラグは立たないのだ。

だから自信を持って言い返したのだが、アメリアには残念なものを見るような目で見られてしまった。

「お嬢様。それ、本気でおっしゃっているのですか？　どう見ても、殿下はお嬢様を気になさっておいでですよ。恋愛経験のない私でも分かります」

「ええ？　違うと思うけど。というか、早く婚約破棄するって言ってくれるといいのに……。あれかな。私が認めたら婚約破棄してくれるのかな。今は見返したいから継続しているだけ、みたいな。ありそう。でも、それならもう『あなたは素晴らしい王子です～』って言ってしまおうかしら……」

「お嬢様、まだ婚約破棄のこと、諦めていないのですか？　あんなに殿下と仲が良ろしいのに」

驚いたように言われたが、私は別にシルヴィオと仲良くなんてないし、そもそもの目的が婚約を解消して元凶であるシルヴィオから離れ、ドアマットヒロインから完全に脱却しようというものなのである。その目的は今も当然継続中なのだから、諦めるはずがないではないか。

「仲良くなんてないし、今も婚約解消をしたいって思っているわ。だって私、王子と結婚なんて無理だもの」

確かに今の彼が私を、小説でのように虐げるとは思えない。

だが、万が一ということもある。私は、確実に、ドアマットヒロインから逃れたいのだ。

そのためには、ヒロインをドアマットにするシルヴィオから離れるのが一番。

彼から完全に離れることができた時、私は真の意味で自分の書いた話から逃れられるのだと思っていた。

「お嬢様……」

私の言葉を聞いたアメリアは、落胆の息を吐き、「だんだん殿下がお可哀想に思えてきました」と何故かシルヴィオの肩を持ち始めた。

「失礼ね。いいじゃない。殿下は良い方向へ変わってきたわ。今ならどんな美姫《びき》でも選び放題。私に拘る必要なんてない。素晴らしいことよ」

「殿下はお嬢様をお選びになると思いますよ」

「だから、ないって」

馬鹿なことを言わないで欲しい。

何度も言うが、自キャラと恋愛する気なんてないのだ。

私が全く取り合うつもりがないことを知ったアメリアは、「今後が少し怖いです」と妙に不安になるようなことを呟いていた。

間章　シルヴィオ

その女を最初に見た時、ものすごく好みだと思った。

夜を凝縮したような美しい黒髪は真っ直ぐで、腰の辺りまで流れていた。

目は紫。透明感があり、ゾクリとするような色気が滲む。

肌は驚くほど白く、日に当たっていないのではないかと思えるほど。

名のある彫刻家が丹精込めて作り上げた美人像かと疑うくらいに隙のない美貌とスタイル。

手足や腰の辺りはほっそりとしているようなのに、胸部は豊かで思わず目がいってしまう。着ているレースたっぷりのドレスは彼女によく似合っており、なるほど確かに父がオレのために用意させた女なのだと納得できた。

極上の女を父から与えられたのだと気づくと同時にホッとする。

実は最近、父や皆の態度が素っ気なくなっているような気がしていたのだ。

それが気になり、元々嫌いだった家庭教師共との勉強や執務をより避けるようになっていた。

――もしかして、皆はオレを疎んでいるのではないか。

いやまさか、そんなことあるはずがない。

だって、オレは国の世継ぎである唯一の王子なのだから。

父たちを疑いそうになる気持ちを振り払いつつも不安を抱く毎日。そんな中、与えられた婚約者に、オレは王子として当然の態度で挑んだ。

「お前がオレ様の婚約者という女か。ふん、見た目だけは合格だが、その中身はどのようなものだろうな」

この時のオレは、好んで『オレ様』という一人称を使っていた。

強そうに見えるし、自分に合っている。そう思っていたからだ。今となっては恥ずかしい限りだが、『オレ様』と言うことで、虚勢を張っていたのだと思う。

婚約者だと紹介された女を見つめる。彼女は、すぐには反応しなかった。

きっと己の婚約者の美しさに見惚れ、返答どころではないのだろう。

何せ、オレの容姿はかなりのものだ。

誰もが絶賛する王子を見て、目の前の女も自らの幸運に感謝しているのだろう。間違いない。

呆《ほう》けた女を叱りつける気持ちで、オレは口を開いた。

「おい、返事をしないか。王子に対する態度がなっていないぞ。ありがたくもお前は、このオレ様の婚約者となったのだ。これからはオレ様を敬い、オレ様の言うことはなんでも聞け」

もちろん、オレが期待したのは、「殿下のお気に入るよう最大限に努力致す所存でございます。なんなりとお申しつけ下さい」という殊勝な態度と返答だ。

だが、このクローディアという女は、思いもしなかったことを言った。

「私、初対面の挨拶もまともにできないような方と結婚するのはごめんですわ」

耳を疑った。

まさか、そんな返しをされるとは思わず、オレとしたことが、一瞬、呆然としてしまったくらいだ。

彼女と一緒に来ていた父親の公爵が青ざめていたが、彼女——クローディアは当たり前のことを言ったのだという顔をしていた。しかも、それだけに留まらなかった。

「お父様。私、いくら王子といえども、挨拶の一つもできない方と結婚というのはさすがに……。王子というくらいですもの、もっときちんとした方だと思っていました。とんだ期待外れですわね」

あまりと言えばあまりの言葉。

理解すると同時に怒りが湧き上がってくる。

この女は、王子であるオレを馬鹿にしたのだ。

世継ぎである、このオレを。

——許せない。

誰がこんな女を妃になどするものか。

カッとなったオレは、婚約破棄を告げるべく口を開こうとしたが、それより先に父が言った。

「全くもってその通りだ。いや、息子が失礼な態度を取った。クローディア嬢、そなたの言うことはいちいち尤もで、否定する気にもならん」

「父上！」

父が女の肩を持った。

信じられない事態に、オレは父を凝視し、必死に訴えた。

「こ、この女は王子であるオレ様に対して失礼な口を――――！」

「愚か者め。最初に失礼な態度を取ったのはお前の方だろう。お前は、初対面の婚約者である女性に挨拶一つできないのか？　クローディア嬢の挨拶に対し、あのような……あまりにも情けなくて涙が出るわ」

「……くっ」

吐き捨てるように言われ、オレは口を噤《つぐ》んだ。

父は冗談で言っているわけではない。本気でオレを情けないと思っているのだと分かり、それ以上は言えなかったのだ。

いくらオレでも、父に呆れられたいとは思っていない。ここでなんとか挽回《ばんかい》せねばと思ったオレは、家庭教師共から昔何度か習ったことを思い出しながら、女に挨拶をしてやった。

できない、なんて思われるのは癪《しゃく》だ。やればできるというところを見せたかった。

「――初めまして。サニーウェルズ王国第一王子、シルヴィオ・サニーウェルズだ。あなたと、こうしてお会いできたことを嬉しく思う。……父上！　これで文句はないでしょう！」

「……まあ、ギリギリといったところだな」

なんとか及第点をもらえたことにホッとする。

ざまあみろという気持ちを込めて女を見ていると、父が思い出したように言った。

「挨拶はいいにしても、シルヴィオよ。今日の執務はどうしたのだ？　臣下たちにまたサボっていると聞いているが」

ギクリとした。

父の耳にまで入っているとは思わなかったのだ。

オレは家庭教師との勉強も嫌いだし、何をやっているのかも、何のためにするのかも分からない執務をするのも大嫌いだ。だから、隙を見ては逃げ出していた。

だが、王子がそれではいけないことくらいは分かっている。

逃げているという自覚はあるのだ。

痛いところを突かれたオレは、それでもなんとか言い訳をした。

「あ、あんなもの！　オレ様がする必要もない雑務です！　ああもう、お前、こっちに来い！」

とにかく今は、父の前から去らなければ。

ついでに婚約者だとかいう女を連れていこう。そう思って女の腕を引っ張ると、彼女はオレの手を実に容赦なく振り払った。

そうしてオレではなく、己の父に向かって言い放ったのだ。

「お父様。私、挨拶もできない方と結婚するのも嫌ですけど、執務をサボるような方と結婚するのもごめんです。結婚相手には、人間として尊敬できる方を求めたいと思うのですが、贅沢な悩みでしょうか」

明け透けすぎる言葉に、怒りのボルテージが上がったのが分かった。

この女はオレを馬鹿にしているのだ。

世継ぎの王子であるこのオレを！　よりによって父の目の前で！

そんな女が存在すること自体、信じられなかったし、その女が自分の婚約者だという事実が酷い悪夢のようにしか思えなかった。

「お、お前……王子であるオレ様に向かって……一度ならず二度までも……」

これは徹底的に躾《しつ》けてやらなければならない。

己が誰に従うものであるのかを徹底的に。

まずは部屋に連れていって、二人きりになってから教育を施そう。

一体、自分が誰の婚約者で、どういう存在と結婚するのか、その身に教え込んでやろうと決意した。だが、そんな思いも、父の言葉により霧散する。

「正しく、クローディア嬢の言う通りだな。執務を顧みないような男に嫁ぎたくない。うむ、よくぞ申してくれた」

「父上！」

「いやいや、実に得がたい女性ではないか。お前にここまで言ってくれるような女性がいるとは私も思わなかった。クローディア嬢。礼儀など気にせず、シルヴィオに言いたいことはどんどん言ってくれ。それで罰するようなことはないと私の名にかけて誓おう。息子にはそなたのようにはっきりと意見を述べてくれる女性が必要なのだと思う。是非！　息子のこと、よろしく頼む」

「父上！　オレ様は、こんな女など！」

誰が、結婚などするものか。

オレの好みは、オレに従順な大人しい女だ。こんな口の悪い、気ばかり強い女では断じてない。

「お前！　お前が余計なことばかり言うから……！　大体、お前はオレ様の婚約者なのだろう？　婚約者なら大人しく言うことを聞いておけばいいんだ！　オレ様が許可する言葉以外を話すな！」

「あら、そのような言葉は、きちんと仕事をなさってからおっしゃって欲しいものですわね。仕事も勉強も放り出して遊んでいるような方に命令されても従おうなんて微塵も思いませんわ」

煽るように言われ、頭のどこかがブチッと切れたような気がした。

ここまで馬鹿にされて、放っておけるか？

絶対嫌だ。

このオレの名誉にかけても、見返してやらなければ気が済まない。

「……ろよ」

「はい？」

怒りのあまりか、声が震え、女には聞こえなかったようだった。

だからオレは、もう一度、はっきり聞こえるように彼女に言った。

「覚えてろよ!!　このクソ女め！　絶対に見返してやるからな！」

そうして、謁見の間を飛び出したオレは、自室へと駆け戻った。

部屋の奥にある執務机を見れば、山のように積まれた未決済の書類が。

それに一瞬呆然とするも、ここで逃げればまたあの女に笑われると思い直し、意を決して机に向かった。

「……くそっ。さっぱり分からん」

手に取った書類は、読んでみても何のことやらさっぱり分からなかった。

当たり前だ。今まで何の勉強もしてこなかったのだから、理解できる方がおかしい。

今すぐ投げ捨ててやりたい気持ちになったが、あの女の顔を思い出し、耐えた。

オレは見返してやると誓ったのだ。あの女に吠え面をかかせてやると。

それまでは、何があっても諦めない。

「……」

できれば誰にも頼りたくなかったが、女を見返したい一心で、そのためならと長い間遠ざけていた側近の文官を呼び寄せた。

もう一人の側近であるロイドとは違う。書類仕事を専門にやらせている男だ。

ひょろりとした生気のない顔をした男だが、その能力は確かで、忘れてしまったが、確かどこぞの伯爵家の長男だったはず。

彼なら、今まで別の部屋でオレの分の仕事もさせていたから、書類についても詳しいだろう。

「殿下、お呼びですか？」

いつもオレが怒鳴るからだろうか。びくつきながらも現れた男——マースに書類の説明を求める。

驚く彼に苛つきつつ、なんとか一枚一枚決済をしていった。

なんでオレがこんなことをしなければならないんだと思いつつ、忍の一字で耐え、仕事を終わらせたのは、夜中に近い時間帯。

突然、酷使したことで脳が悲鳴を上げていた。ベッドに倒れ込み、頭を押さえながらオレは口を開いた。

「……これであの女も文句はないだろう」

見返してやれる。

そう思ったオレに、ずっと側に控えていたロイドが言った。

「さて、あのお方なら、殿下が一日頑張ったところで、鼻で笑われて終わりのような気も致しますが」

「は⁉　こんなに頑張ったのにか！」

跳ね起きた。

ロイドを凝視する。彼は真顔で頷いた。

「ええ。どうやらクローディア様は、殿下が普段から執務をしていらっしゃらないことをご存じだったようですから。その殿下が、たかが一日仕事をしたところで、見直してもらえるなど、本当に思いますか？」

「……」

ロイドの言い分には一理あった。

確かに、確かにあの女なら、オレが頑張ったことを主張したところで、「たかが一日」と馬鹿にするだろう。しそうな雰囲気があの女にはある。

「……ロイド。具体的にはどの程度頑張ればいいと思う？」

「私はあの方ではないのでなんとも。ですが、最低でも二ヶ月は続ける必要があるのでは？　でなければ取り合ってすらもらえないかと思います」

「二ヶ月だと？　一ヶ月の間違いではないのか？」

一日でも、もううんざりだと思ったのだ。それを二ヶ月も？　冗談ではないと思った。

それに、ロイドの言うように二ヶ月も頑張る意味が分からない。

一ヶ月もやれば十分なのではないだろうか。

だが、ロイドは首を横に振った。

「いいえ。最低二ヶ月です。一ヶ月では足りません。その程度では、歯牙《しが》にも掛けてもらえないと思います」

「はあ？　あの女は鬼か！」

信じられない言葉をなんでもないような顔で吐くロイド。

オレはといえば、ショックで倒れそうだった。

こんなに辛くてしんどいことを、最低二ヶ月も続けなければならないのか。

あり得ない。

「……」

「どうなさいますか。おやめになりますか？」

問い掛けてきたロイドに、咄嗟に返事ができなかった。

だって二ヶ月も執務をしなければならないとか、何の苦行だと言いたくなる。

「殿下が、無理に付き合われる必要はないと思いますし、お好きになさってよろしいかと。二ヶ月は大変でしょうし、おやめになられても一向に構わないと思いますよ」

オレにニコニコとやめることを推奨してくるロイドを怪訝な顔で見る。

「……お前はいつも、オレ様に執務をしろ、勉強をしろと言っていなかったか。ずいぶんと、話が変わっていないか？」

「ええ。ですが、聞き入れて下さったことが一度もないので。すでに諦めております。ですから殿下が好きなようになさればいいと思います」

さらりと答えるロイドの表情に嘘は見えない。投げやりなその言葉は、間違いなく彼の本心なのだろう。

ロイドはオレのことをすでに諦めている。……別にそれは構わない。臣下の一人にどう思われようと何とも思わないし……だが、あの女に「やっぱり」と思われるのはどうしても我慢ならなかった。

「やる」

「はい？」

「やると言ったんだ。二ヶ月だな？　分かった。二ヶ月、執務を続けてみようではないか」

「……殿下、どこかで頭でも打ったんですか？」

おかしなものを見る目でオレを見てくるロイドが腹立たしい。

だがそれ以上に、あの女を見返したいという気持ちが強かった。

「あの女に馬鹿にされっぱなしというのが許せないのだ！」

王子であるオレに、あんなにも真っ直ぐに意見をぶつけてきた者は、今まで一人もいなかった。

堂々と、正面切って喧嘩を売ってきた相手から尻尾《しっぽ》を巻いて逃げ出すなど、王子としてのプライドが許さない。

「絶対に、見返してやると決めたのだ」

燃える決意を胸にそう告げると、ロイドは「まあ、適当に頑張って下さい」と、興味がなさそうに言った。

◇◇◇

自分でも続けられるか正直疑わしかった二ヶ月がようやく過ぎた。

オレはなんとかこの間、執務をサボることなく続け、いよいよ今日、あの女——クローディアに会いに行くことを決めた。

オレが毎日仕事に励んでいたと知れば、さすがに無礼なあの女も、オレを認めるに違いない。

そう思ったのだ。

「ランティコット公爵家に向かう」

ようやく慣れてきた仕事をなんとか片付け、執務机から立ち上がる。

突然宣言したオレに、ロイドが慌てたように言った。

「殿下。その……相手方のお屋敷には当然、連絡をしていらっしゃるのですよね？」

「何故、そんな必要が？　王子であるオレ様が行くというのだ。諸手を挙げて歓迎するのが当然だろう」

それが、王族に対する貴族の態度ではないか。

真顔で反論すると、ロイドは何故か額を押さえた。

「……そういえば、家庭教師たちからは相変わらず逃げ回っておいででしたね。殿下、一応お教え致しますが、常識的に考えて、何の約束もなく相手の家を訪ねるのは王子であったとしてもあり得ません。非礼に値します」

「オレ様はあの女の婚約者だぞ？」

「……分かりました。もう、お好きになさって下さい」

疲れたように言うロイドを放置し、外出用のマントを手に取る。

気持ちはかなり浮かれていた。

オレが仕事をきちんとしていると知ったあの女がどんな顔をするのか、大変楽しみだったからだ。

「ランティコット公爵家に向かえ」

ロイドもついてこようとしたがそれは断り、馬車に乗る。

あの女の悔しそうな顔を見るのはオレだけでありたかった。

公爵家に到着する。ウキウキしながら馬車を降り、オレの訪問を知って飛び出してきた公爵に娘のいる場所を聞いた。

「クローディアですか？　娘なら今頃は中庭でお茶をしていると思いますが」

「ふん。のうのうと茶を飲んでいるとはいい身分だな。まあそんな余裕ぶったことができるのも今だけのこと。許してやろう」

案内すると言う公爵に必要ないと告げ、教えられた場所へ向かう。

公爵家の庭は、城にあるほどの規模ではなかったがそれなりに大きく、見応えがあった。

良い庭師を雇っているのだろう。趣味は悪くないと思いながら歩いていると、少し先に人の姿が見えた。

オレの探し人であるクローディアとそのメイドだ。

先は開けた場所になっているようで、小さいが噴水がある。クローディアはその近くにテーブルと椅子を置いて、優雅にお茶を楽しんでいるようだった。

――のんびり茶を飲んでいられるのも今のうちだけだ。

その間抜け面を驚きと後悔、そしてオレへの尊敬に変えてみせる！

そう決意し、オレは堂々と女の前に立った。

「ふんっ。オレ様が来てやったぞ！」

「……」

目を丸くしてオレを見つめる女を見て、機嫌が急上昇したのが自分でも分かった。

その気分のまま続ける。

「驚きで声も出ないのだろう。分かる。分かるぞ。何せこの、オレ様が！　わざわざ来てやったのだからな！　感涙に噎ぶがいい！」

高らかに告げる。

彼女は眉を寄せ、不機嫌だと一発で分かる声で言った。

「……何をしに来られたのですか、殿下。ご来訪の予定は聞いておりませんが」

「うん？」

かなり怒っている。どうして彼女が怒っているのか分からないと思っていると、更に彼女は言った。

「いくら婚約者だといっても、事前の約束もなく勝手に来られるのは困ります。それとも父の承諾をお取りになられたのでしょうか。それなら、聞いていなかったとはいえ、お迎えできなかったことを謝罪するしかないのですが」

ロイドが言っていた通りのことを言われ、オレは怯《ひる》んだ。

「だ、だが！　公爵は入れてくれたぞ！」

「当たり前でしょう。娘の婚約者である殿下を、追い返すわけにはまいりませんからね。で？　このような常識外れな真似までなさってここまで来られた理由はなんです？　まさか、理由もなく、なんとなく、なんてことはございませんよね、殿下」

「あ、当たり前だ！」

あるに決まっている。慌てて頷き、胸を張った。

「お前はオレ様のことをサボってばかり、などと言っていたな！　だが！　オレ様はあれから今日までというもの！　一度も公務をサボらなかったぞ！」

「……え」

そんなことを言われるとは思わなかったという顔で、彼女がオレを見る。

目を丸くしたその顔が、酷く気分が良かった。

「どうだ！　驚いただろう！」

「……ええ、はあ。まあ……それは」

頷く彼女に、更に機嫌が良くなる。

二ヶ月もの間、頑張ったのは無駄ではなかったのだ。そんな気持ちになっていると、彼女は言った。

「それをわざわざ私に言うことが、無断で屋敷を訪れた理由なのですか？」

「そうだ！　見直したか！」

「……」

見直したはずだ。そう口にしてもらいたい。

その思いで彼女を見ると、彼女は何故かものすごく疲れた顔をしていた。

「……はあ」

「なんだ！」

「あのですね」

「おう！　己の愚かさを認め、オレ様に謝罪する気になったか！」

「いえ、違います」

違うのか。

ならば何なのだと首を傾げていると、真顔になった彼女は淡々とオレに言った。

「たかが二ヶ月続けたくらいで何を偉そうに。あなたが何年、仕事も勉強もサボり続けてきたと思っているんですか。それを思い返してから、発言して欲しいですね」

「な、何年もなんて……オレ様は！」

「何年も、でしょう。私が知らないとでも思いましたか？　婚約者のことを調べるのは常識ですからね。あなたが子供の頃から家庭教師たちから逃げ回っていたこと、するべき執務を怠っていたことは知っていますよ。それをたかだか二ヶ月続けただけで、よくもまあ報告になど来られましたね」

今まで己がやってきたことを突きつけられ、言葉を失った。

まさか、そこまで把握されているとは思わなかった。

確かにオレは長年、政務をサボっていたし、家庭教師たちから逃げ回っていた。それを指摘されれば、返す言葉は見つからない。

己の顔色が蒼白になっていくのが自分でも分かった。

「わざわざ知らせに来て下さったのは、私に謝罪させたかったからですか。残念でしたね。たかが二ヶ月程度頑張ったところで、謝罪しようなんて気には到底なりません」

「くっ……オ、オレ様だって頑張ったのに……！」

冷たくあしらわれ、つい、本音が飛び出した。

そうだ。オレは頑張ったのだ。

確かに、今までサボっていたのは事実だが、それはそうとして、この二ヶ月は頑張った。それを無視されるのは耐えられない。

そんな思いから出た言葉に、彼女は真顔で返してきた。

「……具体的には？」

——聞いてくれるのか！

彼女が聞く姿勢でいてくれることが嬉しくてたまらない。オレはここぞとばかりに、この二ヶ月で挙げた自らの成果を自慢した。

「外国からの賓客ももてなしたし、国民の面会希望にも応じた。軍部の面倒くさい会議にだってあれからは毎日出席してる。それにな、慈善活動だって頑張ったんだ！」

たった二ヶ月でできることなど限りがある。

それでも自分がしたことを告げると、全部を聞いた上で、彼女は静かに尋ねてきた。

「勉強はどうなさいました？　真面目にしていたということは、もちろん勉強も頑張ったと、そういうことですよね？」

「うっ……！」

痛いところを突かれた。

言い返すことも碌にできず、オレは見事に言葉に詰まってしまった。

そして、オレの態度で分かったのだろう。彼女が呆れたように言った。

「逃げていたんですね？」

「で、でも！　仕事の方は頑張った！」

言い訳だというのは分かっている。

だけど、やったことは認めて欲しい。そんな気持ちで告げると、彼女は少し考えたような仕草をした後、何故か手を伸ばしてきた。

オレの頭をぐしゃぐしゃと撫でる。

「え……？」

ポカンと口が開く。

「頑張りましたね。まだまだですけど、殿下の努力は認めます」

「……」

何をされているのか、何を言われているのか、さっぱり分からなかったし理解できなかった。

遅れて衝撃はやってきて、どうやら己が婚約者である女性に頭を撫でられているらしいということを理解した。

――い、今、何が起こっているのだ？

こんなこと、生まれてこの方、誰にもされたことがない。

その衝撃に動けないでいると、彼女は更に言った。

「殿下もやればできるのではないですか。その調子でこれからも頑張って下さいね」

「お、お前、偉そうに‼」

なんとか口にできた言葉はそれだけだった。

怒ったわけではない。

何か言わなくてはと思った結果出たのが、この言葉だっただけなのだ。

自分でも理解できない気持ちが身体中を満たしている。

何なのだろう。この、くすぐったいような心が温かくなるような不思議な気持ちは。

顔が赤くなっていくのが自分でも分かった。

それをなんとか誤魔化したいと思っていると、彼女がおどけたように言う。

「これは失礼を致しました」

「っ⁉」

「殿下？」

見て、しまった。

彼女が柔らかく笑う、その瞬間を。

全身が、信じられないくらいに熱くなる。身体に流れている全ての血が沸騰しそうだ。

「どうなさいました？　お顔が赤いようですけど」

こてんと首を傾げながら尋ねてくる彼女が可愛い。

そして、可愛いと思った自分にギョッとした。

——可愛い？　このオレに対してどこまでも横柄な態度を崩さない女が可愛いわけないだろう。

だけど一度思ってしまった気持ちは消えない。

彼女がオレの頭を撫でた感触や努力を褒めてくれたこと。そして見せてくれた笑顔、全部が嬉しいと思ってしまった。

そして、そんな風に思った自分が信じられなかった。

混乱しきったオレは大声で叫んだ。

「なんでもない！　お、お前を見返すには、まだ足りないことが分かった！　お、覚えてろよ。今度こそ、吠え面かかせてやるからな‼」

捨て台詞を吐き、その場から逃げ出す。

頬が熱い。心臓が痛いくらいに脈打っている。

彼女の笑顔が頭から離れない。

『頑張りましたね』と言ってくれた柔らかな声と、頭を撫でてくれた手の感触が忘れられなかった。

「なんなのだ……これは」

頬の赤みが引かないまま、城へと戻る。

帰ってきたオレを見て、ロイドが不思議そうな顔をした。

「どうなさいました？　お顔が真っ赤ですが……」

「うるさい！　分かっている‼」

反射的に怒鳴り、執務机に向かう。出掛けている間に溜まっていた書類に手を伸ばすと、ロイドはますます不思議そうな顔になった。

「殿下？　クローディア様を見返していらっしゃったのでは？　もう、執務をする必要はないのではありませんか？」

「……二ヶ月程度で偉そうに、と言われた。あの女を見返すには、二ヶ月くらいでは足りないようだ。だからもう少し頑張る」

「さようで……。一筋縄ではいかないお方ですね」

「……王子に対して、どこまでも無礼な奴だ」

言葉遣いや態度に関して、あの女が父から許可を得ていることは知っている。だからその点については怒っていないし、自分でも不思議なくらい気にならなかった。

ただ、あの女にまだ認められていないという事実が悔しかった。

足りないと思われているのが嫌だった。だからそのために、頑張りたいと思ったのだ。

「……ロイド。明日から、家庭教師たちの授業も受けることにする」

「おや？」

「あの女に逃げたと言われて言い返せなかった。二度と逃げたなんて言わせない」

「……分かりました」

ほんの少しだけど、ロイドが笑った気がした。

優しい笑みだった。

彼のそんな笑い方、ここ何年も見たことがなかった。いつだって彼は硬い、どこか諦めたような顔でオレの側についていたのに。

「……ロイド」

「なんでしょう、殿下」

名前を呼ぶと、ロイドの柔らかな表情がすっと元に戻った。

今のは見間違いだったのだろうか。いや、それでも構わない。

「……なんでもない」

なんとなく上機嫌になりながら、ロイドにそう告げ、次は来月にでも、彼女に会いに行こうと自分に誓っていた。

◇◇◇

彼女を見返したい、いや、認められたいと思い、自らの行動を省みるようになって一年と少しが過ぎた。

あれからオレは自分でも驚くほど真面目に勉学に励み、真摯に政務を行った。

それは今まで遊び呆けてきたオレにはかなり辛い時間だったけれど、続ければ次第に慣れてくる。

一年も経てばもはや日常となり、苦もなく全てをこなせるようになってきた。

オレは一ヶ月に一度、婚約者であるクローディアの屋敷に行き、彼女に自分のやってきたことを報告している。

彼女はまだオレを認めるような台詞を言ってはくれないが、勉強や執務にやりがいを見出し始めたオレはそう落胆することもなく、また来月だなと思いながら彼女の屋敷に通っていた。

最近、少しずつではあるが、周囲が変わってきたように思える。

今までオレを遠巻きにしていた者たちが話し掛けてくるようになり、あまり会話をしなくなっていた父と話す機会も増えた。

どこか冷たかった王城の空気は柔らかなものに変化し、以前とは異なり息がしやすい。

ロイドもどんどん表情が豊かになり、諦めとは違う顔でオレを見てくれるようになってきた。

どうして周囲が変わってきたのか。

さすがに今となれば理解できる。

——オレは、皆から見捨てられかけていたのだ。

王族の義務を放棄し、勉強もせず、執務も投げ出す王子を皆が厭わしく思うのは至極当然のこと。

父もロイドも、皆も、オレのことを『もう駄目だ』と思っていたのだろう。

だから、突き放したような態度を取られていたのだ。

そして今、皆の様子が変わってきたのは、遅まきながらもオレが心を入れ替え、勉学に励み、執務を疎かにしなくなったから。

最初は信じていなかった者たちも、一年も続けば「もしかして」と思うようになる。

皆の態度が少しずつオレに対して優しく、敬意を感じられるようなものに変化していくのも当たり前だった。

——そうか。それほどまでにオレは駄目だったのか。

以前のオレなら気づけなかっただろう。

何が悪いかすら分からず、嫌なことからただ逃げていた。そのくせ王族の権力を好き放題使うようなオレでは、彼らの態度がおかしいとは思えても、その理由までは分からなかったはずだ。

今、オレが気づけたのは、オレだけの力ではない。

オレが駄目なのだと指摘してくれた彼女――クローディアのおかげだ。

彼女を見返したい、認められたいという思いが原動力となったのだ。彼女の顔を思い出せば、どれほど辛くても立ち上がり、努力することができた。彼女なくして、今のオレは存在しない。

だけどきっと、オレの力となった一番の要因は、彼女がオレの頭を撫でてくれたことだ。

最初は確かに吃驚した。

王子であるこのオレにと思った。だけど、彼女の手は優しくて気持ち良くて、「頑張った」と認めてくれる声が嬉しくて、その後にある笑顔が欲しくて、もっと頑張ろうと思えたのだ。

それからずっと。

オレは、彼女からの『よく頑張りました』が聞きたくて、柔らかな仕草で頭を撫でてもらいたくて、一ヶ月に一度の機会を心待ちに、政務と勉強に励んでいる。

その頑張りが何に由来するのか、ただ『認められたいから』だけではないことを、オレはとっくに気づいている。

オレを褒めてくれる手の感触と声もそうだが、その後にやってくる彼女の笑顔。

あの笑顔を見る度に、心臓の鼓動が速くなる。

それがどうしてかなんて、恋愛経験のない馬鹿なオレでも分かる。

――オレは、彼女に惚れているのだ。

あの優しい手つきと笑顔、そして言葉。

彼女の全てに惚れたと分かっている。

彼女に惚れたから、どんなに辛くても頑張れた。彼女に自分を見て欲しい一心で、がっかりされたくないという思いだけで、机にしがみつくことができた。彼女がいたから、最低なオレから抜け出せたのだ。

今のオレは、彼女に相応しい男になりたいと、ただそれだけを願っている。

だって彼女はオレの婚約者なのだ。

彼女が将来オレと結婚するのは確定している未来だし、それなら、彼女が誇れる夫になりたいと考えるのは間違いではないだろう。

彼女がオレに尊敬の眼差しを向けてくれたら。あの綺麗な紫色の目に、オレへの恋慕の感情を宿してくれたら。

そう思い、オレは今日も努力し続ける。

あの、馬鹿みたいな『オレ様』という一人称もやめた。オレの愚かな強がりなど彼女にはどうせバレているし、今のオレは、素のままの自分を見てもらいたいと思っているからだ。

「最近、殿下は変わられましたね」

今日も今日とて政務に励んでいると、ロイドが感慨深げに言う。

それに鼻を鳴らして答えた。

「当たり前だ。そうでなければ、クローディアはオレを見てはくれん」

「ええ、本当に。最近の殿下は、文句のつけようもありません。これもクローディア様のおかげですね」

「……ふん」

その通りなのだが、素直には認めがたい。

だけど顔が熱くなっているのでロイドには気づかれているだろう。

ロイドは最近よく見せるようになった柔らかい笑みを浮かべ、オレに言う。

「得がたい方と婚約することができて、よかったですね。是非、クローディア様にはこれからも殿下の手綱を握っておいていただきたいものです」

「……クローディアとは結婚することが決まっているのだから、オレの隣にずっといるのは当たり前だろう」

「ええ。くれぐれも、手放さないようになさいませ。殿下にとってあの方以上の女性はいないと、陛下も含め、我々一同、全員が思っておりますから」

「分かっている」

言われなくても、彼女を手放す気なんて露ほどもない。

すでに結婚可能な年齢。本当は今すぐにでも式を挙げて、彼女を自分のものにしてしまいたいところだが、まだ彼女はオレを認めてくれてはいない。

彼女がオレを認めてくれたら、そうしたら改めて求婚して、大々的に式を挙げよう。

彼女はオレのもの。

婚約不履行などさせる気は毛頭ないし、他の男に近づけさせる気だって微塵もない。

のんびりしている間に、彼女を盗《と》られでもしたらたまらない。だから、毎回彼女の屋敷を訪ねる時はわざと訪問許可を取らずに突撃していた。

もし後ろめたいところがあるなら、動揺するだろうし、オレを詰《なじ》るだろう。そう考えたのだ。

だが彼女はいつ訪ねても平然としていたし、怒りはしてもそれは通常の域を出ない程度のものだった。

彼女に近づく男はいない。いつも彼女の態度を確認し、ホッとしていた。

公爵もオレの気持ちを知っている。ロイドが言う通り、城の者全員が、オレが彼女と結婚することを望んでいる。

邪魔する者は誰もいない。

あとは、彼女に認められるだけ。

そうすれば、バラ色の未来が待っている。

オレはそう信じていた。

◇◇◇

――最初に見た時は、なんて生意気な女なんだと思った。

外見だけは好みだったけど、鋭い舌鋒《ぜっぽう》に、こいつはオレの言うことなんて聞かない、オレの大嫌いなタイプなんだとすぐに理解した。

だから――。

オレを馬鹿にしたあの女を見返してやって、そうしたらすぐにでも婚約なんて破棄してやろうと思っていたのに。

気づけばオレは、彼女という沼にズブズブと嵌まっていて、今は――彼女のことが好きで好きでたまらなくて、一日も早く結婚したいと願っている。

そのためならば、どんな困難でも乗り越えてみせる。

――愛しいお前をこの腕に抱けるのならば、オレにお前の愛をくれるのならば、オレはきっと歴史に残る賢王にだってなってみせると約束できる。

第三章　王子の求愛お断り

月日が経つのは早いもので、シルヴィオと引き合わされてから二年が過ぎた。

相変わらず彼は一ヶ月に一度、屋敷にやってきては、自分の成果を報告していく。

最初は、子供のお使いのようなことしかできなかった彼も、二年もの間必死で励めば知識や経験もそれなりについてくる。

彼は、今では将来有望な王太子と言っていいほどに成長していた。

皆の信頼も日に日に篤くなっている。

――あの、顔が良いだけのざまあ要員でしかなかったシルヴィオがよくここまで成長したなあ。

作者としては本当に感慨深い気持ちになるというものだ。

きっと彼には王としての素質があったのだ。そしてそれをいかんなく発揮し、努力して、ここまで辿り着いた。

それは賞賛に値すると素直に思う。

彼は、皆から見捨てられかけていた己を立て直し、立派な王子へと成長したのだ。

彼を生み出した親として、これほど嬉しいことはない。

それにこの二年間、恐れていた結婚話は一度も出なかったし、もはや婚約しているという事実も形骸化しているようにも思える。

今の成長した彼が、私を虐げる真似をするとは考えられないし、なんなら私が婚約を解消して欲しいと申し出れば、快く応じてくれるのではないだろうかとも思えてくる。

何せ、彼と私の間には何もないのだから。

敢《あ》えて言うのなら、常に難癖をつける女と、その女を見返したい男、といったところだろうか。

そう、今の彼なら、どんな女性でも選び放題。

将来有望な王太子が相手なら、どの家だって喜んで娘を差し出すだろう。

わざわざ、口うるさい面倒な女と結婚する必要はない。

彼は彼の望む女性と幸せになってくれればいいのだ。

そして私は晴れて自由の身となる。

誰も傷つかない完璧な理論に、私は非常に満足していた。

間違いない。これはもうドアマットヒロインを脱却したと言ってもいい。

苦節、十年。私はついにやり遂げたのだ。

あとは、いつ、円満に婚約を解消するか。そのタイミングを見計らうだけ。

だけど、それももうそろそろだろう。

最近では、私が文句をつけるところなどなくなってきたし、一ヶ月に一度のやりとりも必要ないと感じている。

私たちが互いを解放する時がやってきたのだ。

そんな風に感じ始めて数週間、ついにその日は訪れた。

◇◇◇

風が気持ちいい、よく晴れた午後、いつも通りシルヴィオはアポイントメントなしに、私の屋敷にやってきた。

部屋で気分良くお茶をしていた私だったが、そろそろ彼が来るだろうことは分かっていたので驚きはしない。

二年も経てば、彼が突撃してくるタイミングも察せられるようになるのだ。だから落ち着いて、彼を迎え入れた。

それでも文句を言うことは忘れない。

「いらっしゃいませ、シルヴィオ様。今日も相変わらず、連絡を入れて下さらなかったのですね。いい加減、常識というものを身につけてもらいたいものですわ」

もちろん、彼が礼儀作法を完璧に身につけていることは分かっている。何せ、今の彼は非の打ちどころのない王子様だからだ。

そのくせ、どうして私には……と思わなくもないのだが、始まりが始まりだから仕方ないのかもしれない。今更、態度を変えられないというアレだ。

私もそれは一緒だから理解できるし、もはやお約束として受け入れているところはある。

「オレが連絡を入れないのはいつものことだろう。お前も、もはや気にしていないように思えるが」

「ええ。誰かさんのおかげですっかり慣れてしまいましたからね。それより本日はどのようなご用件で？　またいつものようにお話をお聞かせいただけるのですか？」

「その通りだ」

いつものやりとりを済ませてから、シルヴィオに話を振る。彼は頷くと、口元を緩めた。

何だろう。いつもよりも嬉しそうに見える。

「シルヴィオ様？」

「いや、すまない。今朝言われたことなのだがな、実はとうとう家庭教師たちから、卒業の認定を受けたのだ。もう家庭教師の必要はないだろうと。もちろん、今後も学んでいかねばならないが、家庭教師をつけて、というのはなくなった」

「そうなんですか！　それはすごいですね！」

シルヴィオは嬉しさを隠しきれない様子だったが、私もすごく嬉しかった。

卒業認定を受けたということは、彼は王子として必要だと思われる知識を全て修めたと認識されたのだ。それは、彼がこの二年、いかに努力してきたのかという証拠でもあった。

「素晴らしいです、殿下。私が言うのはおこがましいと分かってはおりますが、どうか言わせて下さい。あなたは素晴らしい王子に成長なさいました。このまま努力をお続けになって、どうか良い治世をお築き下さい」

今の彼なら、間違えず、良い君主として立つことができるだろう。

私が書いたバッドエンドのようにはならない。

女遊びをし、与えられた婚約者を無実の罪で捨て、その報いに廃嫡、性病をうつされ子種を失う、なんて結末には至らないのだ。

彼は正しく王子として成長した。皆に認められ、いつかはこの国を治める国王となるだろう。

幸せな結婚をし、子を残し、賢王として称えられる日が来る可能性だって夢ではない。

それを私は本心から嬉しく思う。

「本当に、今までよく頑張ってこられましたね……」

上から目線だと思われるかもしれない。実際、王子に対して言う台詞ではないと言われればその通りだ。

だけど、二年もの間、ずっと彼を見てきた私はどうしてもそう言いたかった。

苦しいこともたくさんあっただろう。元の怠惰な生活に戻ろうと考えたこともあっただろう。

その誘惑に彼は打ち勝ち、素晴らしい結果を残したのだ。

「私は、あなたを誇りに思います。あなたという王子を抱くことができたこの国は幸せですね」

これが、子供が成長したことを喜ぶ親の気持ちだろうか。

温かい気持ちが胸いっぱいに広がっていく。

感極まり、涙が溢れてきた。それを堪え、不細工な笑顔を向けると、彼は呆然とした顔で私を見ていた。

「お前は……」

「？」

「お前は、オレを認めてくれたのか？」

掠《かす》れたような声で問い掛けてくるシルヴィオに、私は首を縦に振った。

もう、「もっと頑張れ」などと言う必要はない。言わなくても彼はこれからも努力し続けてくれる。

今の私はそれを確信していた。

私は立ち上がり、彼に向かって深々と頭を下げた。

彼に対し、私が横柄な態度を取ることは二度とないだろう。

彼は正しくこの国を継ぐ人で、尊敬に値する方なのだから。

「はい。私はあなたを認めます。二年前、失礼なことを言ってしまったこと、心よりお詫《わ》び致します。罰するというのなら、ご随意に。私は己の罪を受け入れます」

微笑みを浮かべながら告げる。顔を上げると、彼は驚いた顔をしながらも首を横に振った。

「お前を罰するつもりはない。父も許していたことだし、あの頃のオレは、確かにお前の言う通りのどうしようもない男だったのだから」

「ありがとうございます」

「それより……だ」

「はい」

何故かシルヴィオがほんのりと頬を染めていた。

どうしてと思いつつも、彼の言葉を待つ。彼は私に近づくと、両手をギュッと握った。

二年間、一度もなかった肉体的接触に、ギョッとする。

何故、彼に手を握られたのか、意味が分からなかった。

「で、殿下？」

「水くさいな。シルヴィオと呼び捨てで呼んでくれ、クローディア」

「へ？」

いきなりの呼び捨てにしてくれ宣言に、私は目が点になった。

「あ、あの……？」

「敬語も要らない。本当は、ずっとそうして欲しかったのだ。だって、お前はオレの婚約者だろう？」

「ええと、その……それはそう……ですけど……」

なんだか、すごく嫌な予感がする。

なんとか握られた手を振りほどこうとするも、シルヴィオの力が強すぎて、ビクともしない。この二年、彼は剣の腕も磨き、身体もずいぶんと逞《たくま》しくなった。引き籠もりの貴族令嬢である私程度では振りほどくことはできないのだ。

「あ、あの……離していただけますか？」

「断る。あとクローディア。敬語はなしで、と言ったぞ」

「ええと……だから……ひっ」

握られた手ごと、シルヴィオの方に引き寄せられた。何が起こったのか判断がつく前に彼に抱き締められ、硬直してしまう。

――何？　何が起こっているの？

ただ目を見開き、呆然とすることしかできない。

そんな私にシルヴィオが、心底愛おしげな声で言った。

「ようやくだ。ようやくお前に認められた。――結婚しよう、クローディア。お前に認められるまではと、ずっと我慢してきたのだ。もう、一刻も待つつもりはない。最短で式を挙げよう。父たちもオレたちが夫婦となるのを心待ちにしている」

「は⁉」

――一体彼は何を言っている？

「お前に認められたら求婚するのだと、それを目標に今まで頑張ってきた。愛している、クローディア。二年も待たせてしまったが、これからはずっと一緒にいよう。オレはお前から離れない」

「は？　は？」

――愛しているだと？

耳を疑った。

シルヴィオの口から飛び出す全ての言葉が理解できない。

彼は私の身体を強く抱き締め、首筋に顔を寄せた。

「ああ……ずっとこうしたかった。ずっと、お前に触れたかったのだ。ようやく、願いが叶う」

「は、離して下さい‼」

首筋に唇が触れたのを感じ、私は必死で彼の胸を押し返した。だけどもやはり力の差は歴然。身動き一つ取ることができない。

「で、殿下。シルヴィオ様、離して……」

「シルヴィオと呼べと言っただろう。妃となるお前に、敬称をつけて呼ばれたくない……」

「だ、だから！　ちょっと待ってってば‼」

取り繕う余裕などどこにもなかった。

私は渾身《こんしん》の力を込め、彼に抗《あらが》った。なんとか腕の中から逃れ、距離を取る。

シルヴィオは私がどうしてそんなことをしたのか全く分かっていない様子だった。

「クローディア？」

「い、いや、大体、あなた、今まで私のことを名前でなんて殆ど呼ばなかったじゃないですか！それがどうしていきなり……！」

「名前を呼ぶと、愛おしさが溢れ出して、抱き締めたくてたまらなくなりそうでな。お前に認めてもらうまではと我慢していた」

「何それ……というか、待って……愛おしいって、何？」

唖然としながら呟くと、シルヴィオはそれが当たり前のような顔で言った。

「オレはお前を愛しているのだから、愛おしいと思うのは当然だろう？」

「だから！　その話、今、初めて聞いたんですけど！」

「初めて言ったからな。告げただろう。お前に認めてもらうまではと我慢していたと。告白などしてみろ。我慢できなくなるのは目に見えている。だから、言葉にするのも耐えていたのだ」

「え……？　何それ。いつから？　……私、全然知らない……」

彼が私を好きかもなんて考えもしなかった。

いや、確かにアメリアはよくそのネタで私を揶揄《からか》っていたけれど、あり得ないと思うのが普通じゃないか。

だって、あんなにいやみなことを言った女だぞ？　普通に、見返したいだけと考えるのが常人の思考だと思う。

「私……殿下はてっきり、私と婚約を解消なさりたいのだと思っていました……だって、あんな酷いことを言ったのに」

「最初は確かにそう思っていた。だが、すぐにその気持ちは変わったぞ。お前がオレを褒めてくれる声と優しい手の感触。そしてその時に見せてくれる笑顔。その全てに惚れたのだ。もうずっと、二年近くも前から、オレはお前に焦がれている」

「……」

まさかの、頭を撫でたことにより惚れられたと聞き、私は心から「なんでやねん！」と突っ込みを入れたくなった。

——頭を撫でられて惚れるって何？　あれは、子供にするような気持ちでした行為であって、深い意味は何も……！

混乱しすぎて、頭が考えることを拒否している。

それでもなんとか言いたいことは言わなければと、今までずっと考えてきたことを告げた。

「わ、私は……親の決めた相手に縛られる必要はないって言おうと思っていて……。だって殿下は本当に立派になられたから。嫌なことばかり言う私なんかと結婚する必要はない。あなたはあなたの望む人をお妃様に迎えて欲しいって……」

「父が選んだからお前と結婚するのではない。お前を愛したから、結婚したいと思うのだ。オレが愛しているのはお前だ、クローディア。歯に衣着せず叱ってくれ、どうしようもなかったオレを見捨てずにいてくれたお前を愛している。だからお前は気にせず、オレの手を取ってくれ。オレを愛し、オレと共に生きると約束してくれ」

「……」

頭がクラクラする。

シルヴィオの顔は真剣で、嘘を言っているようにも、冗談で私を揶揄おうとしているようにも見えない。

何と言えばいいのか分からず、彼を見つめることしかできない私の手を、彼は再度握った。

もう一度、私に言い聞かせるように告げる。

「お前が好きだ。──結婚してくれ」

シルヴィオが私を好きなんて、あるわけない。

その思いで、私は必死に首を横に振った。

「嘘よ。絶対に嘘。だって、そんな風に見えたこと、一度もなかった。揶揄うのはやめて」

揶揄っているわけではないというのは十分に分かった上での、それでも信じたくないが故に飛び出した言葉だった。

だがシルヴィオはそんな私の言葉を否定する。

「言いはしなかったが、オレの態度はだいぶ分かりやすかったと思うぞ？　お前の父親もオレの気持ちは知っているし、なんならお前のメイドだって気づいている。そうだろう？」

「はい」

シルヴィオに視線を向けられ、部屋の隅に控えていたアメリアは目を伏せ、頷いた。

「もちろん、気づいておりました。私からも、殿下はお嬢様を愛していらっしゃると何度か申し上げたのですが、お嬢様は信じて下さらず……」

確かにその通りだが、誰がそんな話を真に受けるのだ。

私が「信じるわけないし、気づけるはずないじゃない……」と小声で言うと、シルヴィオは眉を下げながら謝った。

「やはり、オレの態度が原因か？　悪かった。クローディア。二度と、あんな酷い態度は取らないと約束する」

「え？　いや……」

そういう問題ではない。

私の中では、シルヴィオが私に恋愛感情を向けてくるなんてあり得ないことだったのだ。

――えっ、いや、だから嘘でしょう？

本人から聞いた今だって信じられない。だが、シルヴィオは私に考える時間さえもくれないようで、更に私を追い詰めようとしてくる。

「クローディア、返事が欲しい。お前が、オレを受け入れてくれるという返事が。求婚には返事をくれるものだ。そうだろう？」

シルヴィオの態度は、私が断るはずがないというものだった。

確かに、私と彼は婚約者という間柄。それも当然と言える。

だが、私は彼の問い掛けには頷けない。

何故なら、私にとって彼は愛すべき大切な自キャラであって、恋愛をする相手ではないからだ。

恋愛対象になんて見ることができない。だから私は、こう言うしかなかった。

「……その、申し訳ありません。できれば、お断りしたいと思います」

「え？」

呆気に取られた顔でシルヴィオが私を見てくる。

まさか断られるとは思わなかったのだろう。それは本当に申し訳ないと思う。

「すみません。私は、殿下のお気持ちに応えることができません。この話はなかったことにしていただければ嬉しいと、ずっとそう思っていました」

「何だと？」

シルヴィオの顔が、どんどん険しいものになっていく。

「何故だ。どうしてそんな――」

「私では殿下に釣り合いません。二年前のあれは、殿下のためを思って言った言葉などではありません。私は粗暴な女なのです。これからだっていつ殿下に暴言を吐くか分かりません。そんな女を妃に据えるなんてあってはならないと思います。ですから、私との婚約は解消して、もっと別の素晴らしい、あなたに釣り合う女性を――」

「お前がいい。お前でないと嫌なのだ」

「殿下！」

「くどい！」

キツい声で怒鳴られたが、この件に関してだけは私も退くことはできないのだ。

そして怒鳴られたことで、少しキレてしまった私は、許されているのをいいことに、タメ口で言い返した。

「ああもう！　くどいのはどっちよ！　私は無理だって言ってるでしょ！　あなたは振られたんだから、大人しく城に帰って、別の誰かを探しなさいよ！　しつこい男は嫌われるわよ！」

もうめちゃくちゃだ。

いくら許されていると言っても、王子に対してあり得ない。

だけど、これくらい強く言わなくては、きっとシルヴィオは分かってくれない。そう思ったから、私は彼を強く拒絶した。

「絶対に、あなたとは結婚しない‼　分かったらもう帰って！」

だが、そんな私の言葉を彼は更に拒絶する。

「嫌だ！　オレはお前がいいのだ！」

「ほら、私、いつもは猫を被っているだけで実際はこんなものよ？　こんなのを王太子妃に据えるとかあり得ないでしょ！」

「お前の口が悪いことなどとっくに知っている！　それでオレがどれだけ心を抉《えぐ》られたか。それくらいで今更退くか！」

「はあ？　抉られたのなら、退きなさいよ！　そんな女を好きになるなんて、ちょっと趣味が悪すぎるんじゃない⁉」

「趣味が悪くて大いに結構。そんなお前を娶《めと》ろうなんていう物好きはオレだけだから、大人しくオレに嫁いでこい！」

「嫌！」

堂々巡りだ。

シルヴィオは私がいくら嫌だと言っても退いてくれない。

だけどこちらだって、頷けないのだ。

――無理。自キャラと恋愛なんて絶対に無理！

いくら格好良かろうが、性格が良かろうが、自キャラというだけで、私の中ではナシということになってしまう。

だけど、シルヴィオは頑として退かなかった。

「お前が好きだ。お前と結婚するために、お前に認められるためだけに今まで努力してきたのだ。今更オレを捨てるなんて言うな！」

「捨てるとか、人聞きの悪いこと言わないでよ！」

ギョッとした。

捨てるのは、シルヴィオ（原作）の専売特許ではないか。断じて私ではないはずだ。

「捨てるで間違っていない！　大体、お前以外の全員が、お前はオレと結婚すると信じているのだぞ！」

「知らないわよ！　そんなの、周りが勝手に思い込んでるだけじゃない」

「お前はオレの婚約者だろう！」

「二年も何もなければ、もう解消かなって考えるのが普通でしょ！」

「そんなこと思っているのはお前だけだ！　水面下で結婚準備は進んでいる！」

「何よそれ！　そんなの知らない！」

全くもって初耳のことを言われ、耳を疑った。

荒くなった呼吸を整えながらアメリアを見ると、彼女はこくりと頷く。

「はい。旦那様も準備をなさっておいでです。気づいていなかったのはお嬢様だけかと」

「嘘⁉　もうすぐ婚約を解消できるって信じてたのに？」

「だから、そうはならないと言ったではありませんか」

「……」

がーんという音が頭の中に響いている。

なんということだ。

ショックのあまり呆然とその場に立ち竦んでいると、シルヴィオが言った。

「お前が何と言おうと、オレはお前と結婚するぞ。もうオレはお前が相手だと決めたのだ。お前に頷いてもらうまで、絶対に諦めないからな」

獣のようなうなり声を出し、私を睨んでくるシルヴィオ。

彼の本気を本能で感じた私は慌てて言った。

「ちょ、ちょっと……それはどうなの？　振られたんだから、そこは大人しく退きなさいよ。それが、できる王子様ってやつでしょ……」

今の彼ならそれができるはず。

だが、シルヴィオはせせら笑った。

「お前を得たくてオレはこうなったと言っただろう。それでお前が手に入らないなら意味がない。いくら格好悪かろうがオレは食らいつくぞ。オレの妃はお前だけだ」

「……ひぇっ」

本当に、めちゃくちゃ食いついてくる。

彼の瞳はギラついていて、私は口元を引き攣らせるしかできなかった。

「や……ちょっと待って。というか、冷静になって。今、あなたは混乱してるの。落ち着けばきっと私と結婚しようなんて思わなくなるから」

「誰がなるか。大体、この二年近く、ずっとお前を愛してきたのだ。そんな簡単に消えるような思いではない。その正反対だ。どちらかと言うと、自分でも重すぎて引いてしまうくらい、お前に執着している」

「ええー……」

声が怖い。

そして頼むから、私なんかに執着しないで欲しい。

私程度、いくらでもいる。固執する必要などどこにもないのだ。

「あのね。一応説明するけど、あなたは振られたの。……普通告白して振られたら、それで終わるものじゃないの？　というか、終わってよ……」

どうしてわざわざ説明しなければならないのか。

泣きそうになりながらもお願いしたが、彼の答えはＮＯだった。

「その理屈が通用するのは、それほど相手のことを好きでなかった場合だけだ。どうしても得たい相手を諦める理由が分からない」

「……婚約解消は？」

絶望的だと分かってはいたが、それでも若干の期待を込めて尋ねる。

私の望みは分かっているはずなのに、シルヴィオは笑い飛ばした。

「するわけがない。お前が何を言おうと、婚約は継続するぞ。オレの花嫁はお前だ。この決定は変わらない」

「嘘ぉ……」

「残念だったな」

「……本当だよ」

どうにもならない現実を突きつけられ、私はがっくりと項垂れた。

どうしてこうなったのだろう。

予想外の展開に、本気で泣きたくなった。

◇◇◇

とりあえず気持ちを整理したいと思った私は、シルヴィオの背中をぐいぐいと押した。

「私は！　色々考えたいことがあるの！　今日は、帰って！」

全力で扉の方に彼を押しやる。

だが、シルヴィオは抵抗してきた。足を突っ張り、一歩も進まない構えだ。

「嫌だ！　誰が帰るか！」

「我が儘言わない！　お願いだから、帰ってよ、シルヴィオ！」

泣きそうになりながら、彼の名前を呼ぶ。

ビクリと反応したシルヴィオが、勢いよく振り向いた。

その顔がものすごく嬉しそうだ。こんな些細なことで喜ぶとか、王子がそれでいいのだろうか。

「もう一度、だ」

「何？」

「もう一度、シルヴィオと名前を呼んでくれ」

「……」

「呼んでくれたら、帰ってもいい」

ウキウキとした声で強請《ねだ》られ、心底呆れた。

正直に言えば、もう二度と呼びたくない。だが、彼に帰ってもらうには、ここは言うことを聞かなければならないと分かっていた。

「……シルヴィオ」

仕方なく、ほんっとうに仕方なく名前を呼ぶと、シルヴィオはぱあっと顔を輝かせた。

「なんだ。クローディア！　何か用か！」

「……いや、用も何も、あなたが呼べって言ったんじゃない」

「……」

真面目に突っ込みを入れると、シルヴィオは顔を赤くして、咳払いをした。

間違いなく誤魔化したと分かる仕草だったが、大人な私はそれをスルーする。

やがてシルヴィオは鷹揚に頷いた。

「……まあ、いいだろう。今日はお前の言う通り、帰ってやる」

「本当⁉」

「ああ、オレは嘘を吐かないからな」

名前呼びがよほど嬉しかったのか、シルヴィオはわりあい素直に退いてくれた。

にこにこと上機嫌に、部屋を後にする。

そんな彼の背中を見送りながら、私はこめかみをそっと押さえていた。

――やっと帰ってくれた。

シルヴィオが去り、ようやく自室が静かになった。

本当に、どうしてこんなことになったのだろう。

私は、ソファにどっかりと座り、背もたれに思いきり身体を預けた。

額に手を当てる。

とても、とても疲れていた。

体力ではない。精神が摩耗したのだ。

「……はあ」

「お嬢様、お茶をお淹れ致しましょうか？」

「お願い」

タイミング良く声を掛けてくれたアメリアに頷きを返す。

怒鳴りまくったせいか、すっかり喉がカラカラだった。

あまりの出来事に、今までそれなりに努力して被ってきた猫がすっかり剝がれていた。そしてもはや、取り繕う必要性も感じない。

あれだけやってしまった後では、何もかもが虚しかった。

「ううう……どうして？　私、すごく嫌な奴だったのに……普通、毎回会う度にあんなことばかり言われたら大嫌いにならない？」

私なら嫌になる。というか、途中から行くのをやめていると思う。

本気で分からなかったのだが、アメリアは何ともいえない顔をして言った。

「それがお分かりにならないのがお嬢様ですよねえ……周りから見れば、一目瞭然でしたけど」

「本当に？」

身体をソファから起こし、ティーポットにお湯を注ぐアメリアを見る。

彼女は私に視線を向けることなく頷いた。

「ええ。わりと初期の頃から、殿下はお嬢様を気になさっておいででしたよ？　お側近くに控えさせていただいておりますから存じておりますが、お嬢様に頭を撫でてもらっている時の殿下は、それはもう嬉しそうな顔をなさっていて……ああ、殿下はお嬢様がお好きなんだなあ、認められたいんだなあと、楽しく見守っておりました」

「見守らないでよ……」

げんなりした。

「頭を撫でてもらったから好きになったって……子供か。私は殿下の母親じゃないのよ」

「それだけでは好きになりませんよ。きっと、殿下はお分かりになられたのだと思います。お嬢様が殿下のためを思い、心を鬼にしていたことを。自分のために嫌われ役を買って出てくれ、なおかつ努力したことを褒めてくれる。普通に惚れると思いますけどね」

「……別に私は殿下のためを思ってやったわけじゃ……ただ、婚約を解消したかっただけで、だから嫌われたくて。でもどうせ嫌われるのなら、彼が良い方に変わる切っ掛けになればなって……」

愛すべき自キャラをできれば助けたい。

自分が彼を破滅に追いやった作者であることは百も承知だけど、せっかくこんな世界に転生してきたのだ。自分だけでなく、救えるチャンスがある者は救いたいと思っただけ。

それだけであって、高尚な理由など全くないのだ。

「勘違い。殿下は勘違いなさってるのよ」

「勘違いで、二年も通えないと思いますけど。普通に途中で冷めますよね」

「……」

ぐうの音も出なかった。

確かに勘違いで二年は長すぎる。

「うう……」

呻《うめ》いていると、お茶が目の前のテーブルに置かれた。

カモミールの良い香りに、少しだけ身体から力が抜ける。

カップを手に取ると、アメリアがしみじみと言った。

「諦めて、殿下のお妃になったらいかがですか？　お嬢様以外の全員が大歓迎している結婚ですよ。

殿下にもあれだけ愛されておいでなのですし、幸せになれると思いますけどねえ」

「だから、無理なんだってば……恋愛対象になんて見られないのよ」

力なく答える。

今日の諸々で、ドアマットヒロインのフラグは折りきったと確信できたし、彼の側にいてもこの先私が不幸になることはおそらくないと思えるけれど、それとこれとは別問題だ。

——自キャラと結婚して、夫婦になる？

勘弁してくれ。絶対に無理。

泣きそうな顔で首を横に振り続ける私を、アメリアは意味が分からないという顔で見ていた。

◇◇◇

ドアマットヒロインのフラグを完全に折るという、昔からの目標が達成されたのはいいが、新たに王子との結婚という恐ろしいフラグを立ててしまった私は、現在進行形で頭を抱えていた。

それというのも、早速次の日、シルヴィオが屋敷にやってきたからだ。

今までずっと、一ヶ月に一度しか訪れなかった人物が、それを覆すとかやめて欲しい。

正直、しばらくの間は一人にして欲しいと思っていたし、まさか次の日から訪ねてくるとは考えてもいなかったから、やってきた彼を見た時は、間抜けにもポカンと口を開けてしまった。

「え……なんで……？」

相変わらずのアポなし突撃。

しかも、何故か大きな薔薇の花束を抱えている。

イケメンだから花束を抱える姿は様になっているが、何故そんなものを持ってきたのか。

正直考えたくない。

すんと表情をなくした私に、シルヴィオは両手いっぱいの花束を渡してきた。

花を渡す様まで格好良いとか、本当に嫌になる。なんだ、これ。

「好きだ、クローディア。オレと、結婚してくれ」

「お断りします」

差し出された花束を即座に拒絶した。

さっと手を引っ込めた私を見て、シルヴィオがチッと舌打ちする。その態度で確信犯であることを理解した。

「ちょっと……！」

「受け取ったら、求婚に頷いたと見なしてやろうと思ったのに……」

本気で悔しそうな顔をするシルヴィオに全私が引いた。ドン引きだ。

「王子が採っていい手段じゃないよね？　狡《ずる》い手を使わないでくれる？」

昨日に引き続き、敬語はなしだ。

というか、こんな手を使ってくる男に敬語など使ってやるものかという気持ちになった。

「お前が素直に頷いてくれれば、オレだってこんな真似はしない！」

「頷くわけないでしょ！　私はあなたと結婚したくないんだから！」

「お前、開き直ったな！」

「ふんだ！」

開き直って何が悪い。

私が彼と結婚したくないことはすでに伝えているのだ。その上で猫を被る必要性など感じない。

「もう、取り繕うのはやめたの！　ほら、私はこんな女だから、あなたもさっさと他の上品な貴族令嬢を探しなさいよ！」

「だから、お前の本性などとうに分かっていると言っているだろう。今更これくらいのことで諦めたりするか！」

「諦めなさいよ、しつこいわね！」

「絶対に諦めないからな！」

互いに一歩も退かず、睨み合う。

やがて、このままでは埒があかないと分かったのだろう。溜息を吐いたシルヴィオは、近くのテーブルの上に花束を置いた。

「ちょっと！」

「花が可哀想だろう。これを受け取ったからといって結婚しろとは言わないから、受け取るだけは受け取ってくれ」

「……そういうことなら」

花に罪はない。

受け取ることを了承すると、シルヴィオは踵《きびす》を返した。

「え、帰るの？」

「執務の途中で抜けてきたからな。戻らなければ皆に迷惑を掛ける」

「……そうね」

二年前のシルヴィオに是非聞かせてやりたい言葉である。こうやって城から抜け出てきても、彼は自らの責任を放棄してはいない。それが分かってすごく嬉しかった。

思わず口元を緩めると、シルヴィオが「だから！」と苛立たしげに言った。

「何？」

「お前、本当に無自覚なのか？　お前がそんな顔をするからオレは……くそっ、時間がない。帰る」

「はーい。二度と来なくていいわよ」

「明日も来るからな！」

「嘘でしょ……冗談だと言ってよ」

「絶対に行く」

「……」

ぎろりと睨まれ、私は大袈裟《おおげさ》に溜息を吐いた。

特に用事もないのに毎日来られても困る。そう思ったのだが、シルヴィオは気にせず言った。

「このままでもお前がオレの婚約者である限り、結婚まで持っていくことは可能だ。だが、できればお前には同意の上で、オレのもとに嫁いできて欲しいと思っている。だからオレは、お前を口説くことにした」

「は？」

口説く？　彼は何を言っているのだろう。

呆然とシルヴィオを見る。彼は真剣な顔で言った。

「宣言しておく。これからオレは毎日、お前に会いに来る。そして口説く。お前がオレと結婚すると頷くまでずっとな」

「は？　は？」

「押しても駄目なら引いてみろという言葉もあるようだが、お前が相手の場合、それは悪手だと思うのでな。押しても駄目なら押しまくるという方法でいくことにした」

「ねえ、それ、すっごく迷惑なんだけど」

嫌がっている相手に対し、更に押していくなどそれこそ悪手ではないか。

「それに、毎日なんて来られないでしょう？　あなたが忙しい人だってことは知ってるもの」

「何、気にするな。仕事はきちんとやる。家庭教師たちとの勉学の時間がなくなったからな。それなりに自由な時間もあるのだ」

「家庭教師卒業の余波がこんなところに……！」

昨日は喜んだ卒業という言葉が、今はこんなにも憎い。

愕然とする私に、シルヴィオはざまあみろとばかりに笑った。

残念ながら、すごく、すごく格好良かった。

まあ私は、ときめいたりなんてしてしまいませんけど！

何せ作者なので！

だけど、なんだかものすごく悔しかった。

ぐぐぐと呻く私にシルヴィオは「じゃあまた明日」と言いながら去っていき、見送った私はその場で思いきり地団駄を踏んだ。

これでは役割が逆ではないかとちょっとだけ思ったのは秘密だ。

そして次の日――彼は宣言通りにまた私の屋敷を訪れた。

今度は花束こそ持ってこなかったが、代わりにピンクのリボンが掛かった白い箱を持ってきた。

二十センチほどの長さの箱は、どう見てもアクセサリーにちょうどいいサイズだ。

それに気づいた瞬間、私の顔は見事に歪んだ。

「……贈り物とか、結構なんですけど。渡されても困ります」

「婚約者に贈り物をするのは常識かつ気遣いだと家庭教師たちに習ったぞ。特に身につけるものがいいとも。オレはお前にものを贈ったことなどなかったからな。今まで蔑《ないがし》ろにして悪かった。これからは積極的にオレの気持ちと共に贈るつもりだ」

「何その、要らない気遣い……！」

「お前も、まさか婚約者からの贈り物を断るなんて無粋な真似はしないだろう。それはさすがに人非人にもほどがあるからな。ああ、そうそう。昨日の非礼については触れないでおいてやる」

「くっ……！　先制攻撃とは卑怯なり！」

確かに、正式な婚約者からの贈り物を断るなど鬼の所業。昨日、シルヴィオからの花束を最終的には受け取ったものの、一度は拒絶した覚えのある私には、痛い言葉だった。

渋々、箱を受け取る。

期待した目で見られたのでその場でリボンを解《ほど》くと、中から綺麗な三連のネックレスが出てきた。

金の鎖に赤い宝石がふんだんに使われた豪奢なネックレスは、見ていると誰かさんを思い出す。

「……」

「どうだ。実は前々から職人に作らせていたのだ。その、お前が認めてくれたら贈ろうと思って」

自慢げに、だけどもこちらの様子を窺いつつ言ってくるシルヴィオ。

私は自分が感じたままを告げた。

「……赤と金とか、あからさますぎて……」

「そうだろう！　お前にぴったりだと思ったのだ！」

「お願いだから、少しくらい否定してよ」

元気よく肯定されてしまい、げっそりした。

赤い宝石は彼の髪を思い出すし、金の鎖は彼の瞳を連想させる。こんなものつけていたら、周りにどう見られるか、馬鹿でも分かる。

だけど彼が私を思って用意してくれたのも本当のこと。

私は、ずいぶんと迷いはしたけれども、贈ってくれた気持ちに対してはきちんと礼を言うべきであろうと判断し、その思いを口にした。

「ありがとう。……気持ちは嬉しい。これは大事にしまっておくわね」

気持ちは嬉しいが、つけるつけないは別問題だ。それに、シルヴィオがくれたネックレスはどう見ても、普段使いではない。

夜会で着るドレスなんかによく似合いそうなデザインだ。

——夜会。

以前はそれなりに参加していたが、シルヴィオと会ってからは一度も行っていない。

シルヴィオに会ったことで自分のドアマットフラグと直面した気持ちになった私は、夜会に出るどころの精神状態ではなかったのだ。

父も夜会に出ることを積極的に勧めはしなかったし、楽なので出ないまま二年以上が過ぎていた。

そんなことを思い出しながら、ぼんやりと彼のくれたネックレスを見ていると、シルヴィオが言った。

「そのネックレスをつけたお前と夜会に参加したい。一ヶ月後に予定されている王家主催の夜会にオレと一緒に出席してくれ」

「え……」

思わず彼の顔を見る。

金色の瞳が悪戯《いたずら》っぽく輝いていた。

「父上も、久しぶりにお前の顔が見たいとおっしゃっていた。ああ、すでにお前の父親には了承を得ている。招待状も渡しておいたからな。ほら、正式な手順は踏んだぞ。まさか断るなどと言わないだろうな？」

にやり、と笑われ、私は逃げ道を塞がれたことを理解した。

――嘘でしょ。このネックレスをつけて、シルヴィオと一緒に夜会に出ろって？

そんなことをした日には、社交界中に、私と彼の結婚は秒読み段階だと認識されてしまう。

本気でやめて欲しい。まだ私は希望を捨てたくないのだ。

シルヴィオと結婚などしたくないのに、外堀ばかりしっかり埋められても困ってしまう。

「ええっと……」

断れないことは分かっている。それでもどこかに逃げ道はないかと必死に探していると、シルヴィオは更に言った。

「すでに諸大臣にも、婚約者と出席する旨を伝えてある。皆もオレの婚約者の姿を見るのを楽しみにしていると言っていたぞ。で？　お前はどうするのだ？　この状況で婚約者のオレに恥をかかせるのか？」

「分かった！　分かりました！　出席すればいいんでしょう！」

駄目押しされ、私は早々に白旗を上げる羽目になった。

国王に父、そして大臣たちまで。そこまで名前を出されてしまって、断れるわけがなかった。

何せ、皆「王子は心を入れ替え、真面目になった」と喜んでいるのだ。

その王子が婚約者を連れていくと言ったのに、来なかったら？

せっかく良くなった彼の印象は間違いなく悪くなるだろう。それはシルヴィオのためにも避けたかった。

再三言うが、私は生みの親としては彼を愛しているのだ。

シルヴィオが不利になると分かっていて、無視できるわけがない。できる協力はなんでもしてあげたい。……結婚以外で、だが。

「よしっ！」

シルヴィオの顔が喜びに輝く。

私から了承がもらえたのがそんなに嬉しかったのだろうか。私が、仕方なく頷いたことは分かっているくせに、ウキウキととても楽しそうだ。

「当日は、迎えに行くからな」

「要らない。夜会は城で行われるんでしょう？　城で落ち合えばいいじゃない」

「オレの愛しい婚約者を迎えに行きたいのだ。それくらいの我が儘は聞いてくれ」

「……勝手にすれば」

小さく溜息を吐く。

結局、彼の思う通りに事が運んだのが悔しかった。

「では当日、楽しみにしているからな」

足取りも軽くシルヴィオは帰っていったが、私の心はとてもとても重かった。

「夜会だって……？」

しかも、シルヴィオからもらったネックレスをつけての参加。

彼の婚約者として出席しなければならないのだ。

「無理……無理……」

頭を抱えているとアメリアが、私の肩を優しく叩いた。

「お嬢様。諦めるしかありませんって。殿下は本気なのですから」

「冗談と言ってくれたらどれだけよかったことか……」

それでも「行く」と言ったのは私だ。

ブルーな気持ちのまま、私は夜会当日を迎えることになった。

◇◇◇

「お嬢様、素敵です！」

アメリアが、夜会の準備を終えた私を見て、感嘆の溜息を吐く。彼女と一緒に手伝ってくれた他のメイドたちもアメリアの意見に同意した。

「本当に！　きっと殿下とお似合いですよ！」

「美男美女で、きっと会場中はお嬢様たちに釘付けになること間違いなしです！」

「はは……ははは……ありがとう」

全く嬉しくないと思いながらも、彼女たちが心から褒めてくれているのは分かっているので礼を言う。
確かに姿見に映った私は、お世辞抜きで絶世の美女と呼んで差し支えのない仕上がりとなってい
た。
ドレスは赤色で、いつも通りふんだんにレースとフリルが使われている。ただ、普段着るものと
は違って、襟ぐりが大きく開いていた。シルヴィオからもらったネックレスをつけるためなのだが、
鎖骨が露わになることで、大人っぽさが出て、何とも言えない艶がある。
残念ながら、彼からもらったネックレスもよく似合っていた。
質のよい宝石を使っているのだろう。赤い輝きは深い色合いなのに透明感があり、魅入られるよ
うな美しさだ。金の鎖もキラキラと煌《きら》めき、凄まじい存在感である。
夜会の豪奢なドレスとそれに合った化粧がなければ、浮いてしまうことは間違いない。
だが、そんなネックレスを身につけても、私はそれに負けることがなかった。シルヴィオの審美
眼が正しかったことを証明する結果となっている。
――うん。
さすが美人設定のヒロインである。そして、幼い頃から美貌を保つべく努力してきただけある。
この美貌が、ドアマットヒロインとなると、どんどん色褪せていくのだから、虐待というのは怖
いと思う。
誰のせいだと言われると、作者としては返す言葉もないのだが。
はい、全部私のせいです。反省しているし、もはや原作と全然違う方向に進んでいるのだから許

して欲しい。

「はあ……」

「溜息なんて吐かないで下さい、お嬢様。せっかくの美貌が台無しです」

「……気をつけるわ」

アメリアに指摘され、頷いた。

気が進まないのは事実だが、夜会に不機嫌な顔で出席するわけにもいかない。行くと返事をしたのは自分なのだから、その発言の責任は取らねばならないだろう。

「殿下がいらっしゃいました」

「……行くわ」

シルヴィオが迎えに来たと執事から告げられ、自分の部屋を出た。今夜の夜会には両親も出席するのだが、別々に行くことが決まっている。

父がシルヴィオに遠慮した形だ。

「クローディア！　ああ、美しいな。よく、似合っている」

「……ありがとう」

玄関ホールに下りていくと、黒い夜会服に身を包んだシルヴィオが笑顔で私を迎えた。

彼の目線は胸元に向かっている。自分の贈ったネックレスを見ているのは明白だった。

「思った通りだ。その宝石はお前に似合う」

短めの赤髪を綺麗にセットしたシルヴィオはいつもよりも男っぷりが上がっていた。若い獅子を思わせる雰囲気に、使用人たちが見惚れている。

「行こう」

「ええ、よろしくお願い致します、殿下」

手を差し出され、素直に己の手を乗せた。ここまで来て嫌だと言うほど、私も子供ではない。

こうなれば、最後まできちんと務めるつもりだった。

もとより、淑女教育は完璧。ダンスだってお手のもの。夜会の間くらい、剝がれた猫をもう一度被ってみせる。

最近はずっと崩れっぱなしだった口調がかしこまったものになったことに気づいたシルヴィオが私を見る。問い質《ただ》すような視線に、私は正直に答えた。

「陛下もいらっしゃるような席で、あのような話し方は致しません。殿下もその辺りはお分かりいただけますね？」

シルヴィオは少し不満そうな顔をしたものの、私の言い分が正しいことは分かっていたのか比較的素直に退いてくれた。

「今更お前に敬語を使われるのも、殿下と呼ばれるのもぞわぞわとして気持ち悪いのだが……まあ、そうだな。だが、二人きりの時は、今まで通りにしてくれ。その話し方は距離ができたようで嫌だ」

「まあ、素敵。それではずっとこのように話しますわ」

半分くらい本気で言うと、シルヴィオに思いきり睨まれた。

「クローディア」

「……分かっているわよ。今のは私が悪かったわ」

一時的にではあるが、口調を戻して謝ると、シルヴィオは機嫌を戻してくれた。

二人で彼が乗ってきた馬車に乗り込み、城に向かう。

うちの屋敷は城からほど近い場所にあり、馬車を使えば、十五分も掛からない。すぐに馬車は目的地に着き、その動きを止めた。

シルヴィオが先に降り、私に手を差し出す。その手を取り、タラップを降りた。

「……」

皆の視線を感じる。

ほぼ同時に到着した他の出席者たちが、こちらに注目しているのが見なくても分かる。それを無視し、シルヴィオと共に夜会会場に入った。

城の大広間で行われる今夜の夜会は、年に数回、王家主催で行われるものだ。

貴族同士の社交の場であり、男女の出会いの場としても使われている。

今夜は事前に、世継ぎの王子が婚約者を伴って参加すると触れ回っていたせいだろう。私たちが入場すると、先ほど以上の視線が私たちに突き刺さった。

姿勢を正し、淑女らしく滑るように床を歩く。

家庭教師たちから卒業と太鼓判を押されただけあり、シルヴィオのエスコートは完璧で、とても歩きやすかった。ドレスの裾を踏まれる心配をする必要もなさそうだ。

シルヴィオと一緒に、大広間の最前列へと進む。声を掛けてくるような者はいなかった。

参加者全員が揃ったところで国王が王妃と共に会場に現れ、始まりの挨拶をする。

宮廷楽団が演奏を始め、ダンスが始まった。

てっきり、ダンスの一曲くらいは付き合わされるものと思っていたが、シルヴィオはダンスフロアの方へは近づかなかった。

「殿下？」

「父上が話したいとおっしゃっていたのでな。ダンスは後だ」

「そう……ですか」

シルヴィオの言葉通り、国王が王妃と共に、笑顔でこちらにやってきた。

私と目が合うと、好意的な笑みを向けてくれる。

「おお！　クローディア嬢、久しぶりだな！　会いたかったぞ」

「ご無沙汰しております、陛下」

作法に則《のっと》り礼をする。一通りの挨拶を済ませると、国王は私とその隣にいるシルヴィオを見ながら感慨深げに言った。

「そなたのおかげで、シルヴィオもようやく目を覚ましてくれた。本当に感謝する。そなたは息子だけではなく、この国の未来をも救ってくれたのだ」

大袈裟な言葉に、私は慌てて否定した。

「い、いえ。私は何もしておりません。殿下ご自身の力です。殿下が変わろうと思わなければ、何も変わらなかったかと」

実際、私はそう思っていた。

いくら私が彼の駄目なところを指摘したところで、本人に直す気がなければ意味はないのだ。

だが、国王は微笑みながらも首を横に振った。

「そなたが切っ掛けになったことは間違いない。実際、我らだけではどうにもできなかったのだから。なあ？　シルヴィオ。我が息子よ」

「父上のおっしゃる通りです。オレが――いえ、私がこうして立ち直ることができたのは、私の愛しい婚約者のおかげ。彼女がいてくれたから、今、私はこうなれたのです。あとは一刻も早く式を挙げて、彼女を正式な妃にしたいと思います」

――なんで、今、この時に言うかなあ？

早く結婚したいというシルヴィオを、国王に気づかれないように睨《ね》めつける。

そんなことを言えば、国王がどう答えるか。今までの会話を聞けば、答えは火を見るより明らかだ。

「そうだな。私としても、早くお前たちに結婚してもらいたい。クローディア嬢がこれからもお前の側にいてくれるのなら、この国も安泰だと思うからな。孫も期待しているぞ」

「父上のご期待に添えるよう努力します」

何が、孫だ。絶対に嫌だ。

満面の笑みで答えるシルヴィオの足を、できることなら思いきり踏んづけてやりたい。

なんとか笑顔を維持しながら、私は心の中で罵詈雑言《ばりぞうごん》を吐き散らしていた。

こちらが文句を言えないのをいいことに、好き放題してくれたシルヴィオが憎い。

早くこの場から退出したい。そんな気持ちになっていると、シルヴィオが手を差し出してきた。

「？」

「そろそろ一曲お相手願えないか？　構わないだろう？」

「……はい」

このタイミングでか！　と思わなくもなかったが、国王から離れたかった私はこれ幸いと頷き、彼の手を取った。

認めたくはないが、私と彼は婚約者。

一曲くらいは付き合わないといけないと、もとより覚悟はしていたのだ。

私たちがダンスフロアに進み出ると、踊っていた他の貴族たちが遠慮するように退いていき、誰もいなくなる。

宮廷楽団が奏でる音楽に合わせて踊り始めたが、シルヴィオのダンスは完璧だった。

小説の中での彼は、家庭教師たちから逃げ回っていたせいかダンスも苦手で、社交の場に出るのを嫌がっていたきらいがあった。それを知っている身としては、彼がこの二年、どれだけ努力したのか窺い知れて、「よくぞここまで立派になって……」と感動で泣きそうになる。

親目線で申し訳ないが、そう思ってしまうのだから仕方ないではないか。

実際、踊っていると、周りのひそひそ声が聞こえてくる。

「あの殿下が立派になって……」

「昔の殿下は見られたものではなかったが……いやあ、これでこの国も安泰だ」

それについては、全く同意するしかなく、私はうんうんと頷きながらシルヴィオと踊っていた。

一曲を踊り終え、ダンスフロアから下がる。

シルヴィオのエスコートで歩いていると、出席していた大臣たちが数人集まって、嬉しそうに話しているのが聞こえてきた。

「いやあ、殿下もまともになって下さって本当によかった……。これもご婚約者のおかげとか？」

「婚約者のランティコット公爵令嬢が殿下を立ち直らせたらしい。殿下のためにも早く結婚させたいと陛下もおっしゃっていらしたが、我々としても全く同意見だな」

「ご令嬢には殿下の手綱を握っていてもらわなければ。全く、生まれる前からの婚約と最初に聞いた時にはそれでよいものかと思いもしたが、今は英断だったと言うしかないな」

「陛下には先見の明があった、ということだろう。殿下に相応しい花嫁が最初から分かっていらしたのだ」

「国の未来も安泰なようで我々としても一安心だな。先ほど踊っているお二人を拝見したが、実にお似合い。美男美女で、生まれてくる御子もさぞお美しいことだろう。期待が持てるな」

「我々も、できるだけお二人が早く結婚できるよう、協力しなければ」

「ああ、全くだ！」

はっはっはっ、と笑う彼らだったが、話を聞いてしまった私の顔は青ざめた。

国王はまだしも、まさか大臣たちにまで「早くシルヴィオと結婚を」と思われているなど想像もしなかったからだ。

これは一刻も早く、対策を講じなければ、私は本当にシルヴィオと結婚させられてしまう。

猶予なんてどこにもない。

「どうした？　顔色が悪いぞ」

私の顔色が変わったことに気づいたシルヴィオが心配そうに声を掛けてくる。

それに私は引き攣った笑顔で答えた。

「な、なんでもありませんわ……」

「そうか？　それならいいのだが。……人の少ない場所に移動しようか」

気配りしてくれたシルヴィオは、会場の端の方に私を連れていってくれた。皆、私たちの動向を追っていたようだが、人の少ないところへ移動したことに気づき、私たちが二人きりになりたいのだと勘違いしたのか、近くに寄ってくることはなかった。

とても助かるが、その気遣いもまた、彼らが私たちを祝福している証拠のように思えて心が痛くて仕方ない。

――辛い。

壁際に配置されていたソファに座る。すっかり疲れた気持ちになっていると、隣に座ったシルヴィオが弾んだ声で言った。

「お前も今夜の夜会で、分かってくれただろう。皆が、オレたちの結婚を祝福してくれていることを。あとはお前の気持ち一つ。早く、オレの求愛に応えてくれ。お前を名実共にオレのものにして

しまいたい……」

聞きながら、私はギュッと目を瞑《つぶ》った。

——もう、駄目だ。

シルヴィオの言葉が決定的だった。

否応なく、自分の置かれた状況を理解させられてしまった。

彼の言う通り、私以外の全員が、私と彼が結ばれるのを期待している。私がシルヴィオを支え、彼の子を産むことを願っているのだ。

そう、恐ろしいことに全員が‼

——普通、こういう時って、誰か一人くらいは反対しているものじゃないの⁉

全員が賛同しているとか、普通にあり得ないと思うのだけど。

だけど、冷静に考えれば分かる。

シルヴィオは、皆から匙を投げられかけていた王子だった。その王子を立ち直らせた（別に私のおかげではないと思うが、そんな風に思われている）婚約者。王子を元のクズに戻さないためにも、その婚約者とさっさと結婚させるべきだと考えるのは至極当然。

しかもその婚約者は公爵家の娘で、生まれる前から彼のためにと用意された女性。男性問題などあるわけもなく、王子もその婚約者との結婚を望んでいる。問題になることが何もないのだ。

そりゃあ、全員が賛成する。

私がもし、関係ない立場で同じ話を聞けば、間違いなく「さっさとその女と結婚させろ。それが国のためだ」と答えると思う。つまりはそういうことなのだ。

——詰んだ。

これはもう、生半可なことでは、逃げられない。事態はそんなところまで来ている。

周囲の人たちの態度。国王や大臣がしていた話。その全てに絶望を覚えた私は、このどうしようもない包囲網から、本気で逃走することを決意した。

◇◇◇

「……修道院へ行こう」

夜会から三日後、私はついに立ち上がった。

シルヴィオと結婚することを期待している皆には悪いと思う。国の未来を考えれば、私一人犠牲になれば済むこととも分かっているが、それはどうしてもできなかった。

だって私はドアマットヒロインになりたくなくて、この十年間、頑張ってきたのだ。

それをせっかく回避したのに、次は人身御供《ひとみごくう》とか、絶対にごめんだった。

私は、皆の幸せのために自分の幸せを諦めたくない。

貴族令嬢なら、自らを犠牲にしてでも国のために、民のために尽くすというのが正しいのは分かっているが、前世日本人だった人格の方が強くなってしまった今の私には耐えられなかった。

——自キャラと結婚なんて、絶対に無理。

恋愛感情なんて抱けないし、子作りなんて想像すら不可能だった。

もちろん、世の中にはそんなこと気にしないという人もいるだろう。だけど、私は駄目なのだ。

自キャラには幸せになってもらいたいが、それは自分とではない。解釈違いだ。

だから、それなら私という存在を、なくしてしまうしかなかった。

つまりは結婚できなくなってしまえばいい。諦めざるを得ない状況にするのだ。

そのためにはどうすればいいか。

一番手っ取り早いのは、彼以外の誰かと結婚してしまうことだ。だが、私が王子と婚約しているのは貴族たちには知れ渡っているし、夜会で一緒にいるところも見せてしまった。

そんな状態で男に迫ったところで、誰も相手をしてくれないのは目に見えているし、誰を狙えばよいのかも分からない。自キャラ（覚えているメインキャラ）でなければ誰でもいいと自暴自棄にもなりそうになるが、いやいや、そういうわけにもいかないだろうとすんでのところで理性が顔を出した。

――駄目、落ち着かないと。

自らの気持ちを整えるべく、深呼吸を数回。

冷静になったところで思い出したのが、修道院の存在だった。

この世界の設定で、修道院というのは、神と結婚した女性が住む場所、という認識になっている。

修道女たちは神の妻という考え方なのだ。そして神と離婚は許されない。

一度、契ってしまえば死ぬまで修道女でいなければならないのだ。

そう、離婚はできない。それはたとえ王族であっても適用される。だから私が修道女になれば、シルヴィオは私を諦めるしかなくなるのだ。

「よし、それで行こう」

もとより、結婚など考えてもいない。

平和に暮らせるのなら修道女でも構わないのだ。大体、私は以前より修道女たちと付き合いがある。彼女たちが毎日を楽しく生きているのは実際に見て知っているので、思うほどハードルは高くなかった。むしろ、彼女たちと一緒に生活できるのは楽しいのでは？　という前向きな気持ちになったほどだ。

決意した私は、早速行動に移すことにした。

善は急げだ。

机の引き出しから、便箋を取り出し、『神に仕えるため、修道女になることを決めた。これは私の意思であり、誰の責任でもない』と書き、意気揚々と外に出た。

私が町をうろつくのは昔からのことだ。誰も何も言わないし、護衛がついてきても構わない。

何せ、修道院は私が外に出る時の八割方の目的地なのだ。不審に思うどころか、いつも通りだと思われていることは間違いなかった。

特に問題なく修道院に辿り着く。

護衛の姿は見えないがいることは分かっているし、この先までついてこないのも知っている。何せ修道院は男子禁制の場所なのだから。

私は上手くいったとほくそ笑みながら、珍しく正面の入り口から修道院の中へと入った。

ちょうど時間だったのだろう。入ってすぐのところにある祈りの間で十名ほどの修道女が膝をつき、神に祈りを捧げていた。

務めが終わったのか、一人の修道女が顔を上げる。私を認めると、笑顔になった。

「まあ、クローディア様。どうなさいましたか？　今日も手伝いに来て下さったので？」

「いいえ、そうではなく。いえ、もちろん手伝いをすることは吝《やぶさ》かではないのだけれど、それより今日はお願いがあって」

「お願い？　珍しいですね」

ニコニコと笑う修道女。祈りを終えた他の修道女たちも集まってくる。すでに全員と顔見知りなこともあり、皆、好意的だ。

――うん、ここでなら上手く暮らしていける。

修道院を逃亡先に選んだのは間違いではなかったと確信した。

「あの、私、修道女になりたいと思って来たの」

「え……？」

決意が鈍らないうちにと思い、告げると、修道女たちは呆気に取られた顔をした。

皆、私が王子の婚約者であることを知っている。そんな私が何故というところなのだろう。

「私、前から神様との結婚というものに興味があって。その、自分の結婚が近づいてきたことで、色々考えてみたの。それで、私は殿下とではなく神様と結婚して、皆と修道院で静かに暮らしたいと望んでいるんだって気がついたの」

実際はシルヴィオと離れたいだけなのだが、それを言ってはいけないことくらいは分かっている。

精一杯しおらしく告げると、一番年嵩《としかさ》の修道女――サラが話し掛けてきた。

「クローディア様。修道女になるということは、想像しているほど簡単ではありません。生活だって楽ではありませんし、公爵家のお嬢様には難しい暮らしだと思います」

「もとより覚悟の上よ。それでも駄目かしら。まだ、私は未婚だし、資格はあると思うのだけど」

「神に仕えるのです。殿下と結婚することはできなくなりますよ？」

「もちろん分かっているわ」

むしろそれを期待してやってきたのだ。

勢い込んで頷くと、私が本気だと分かってくれたのか、修道女たちは受け入れる姿勢を見せ始めてくれた。

「クローディア様なら大丈夫よ。幼い頃から私たちの手伝いをして下さっていたし、神の教えだって、理解されている。王族との結婚よりも神との結びつきを選ばれるなんて、なんて素晴らしいことなのかしら」

「どのような事情を抱えた娘であれ、神との婚姻を望むのならば受け入れる。それが修道院の在り方です。クローディア様。あなたが本気なら私たちは歓迎しますよ」

「ありがとう！」

修道院は国には縛られない。神の教え、宗教は国から独立していて、国が横やりを入れることはできないのだ。つまり、私が修道女になってしまえば、誰も私を連れ戻せないということ。

シルヴィオは私と結婚することを諦めるしかなくなるし、父だって私を連れ戻すことはできない。

修道院に入るのは私の意思という置き手紙も残してきたから、父が国から罰せられることもないだろう。

なんという素晴らしい案なのか。

もっと早くにこうすればよかった。

とは言っても、修道女になれるのは婚姻可能な十八歳からと決まっているので、思いついても実行する機会は十八まではなかったのだけど。

修道女となるには、神と結婚しなければならない。その儀式は神聖なもので、早朝に行われるものと決まっていた。

「儀式は明日の早朝に行いましょう」

サラの言葉に、私を含めた全員が頷く。

明日だ。明日になれば私は修道女になって、この訳の分からない結婚包囲網から逃げられる。

そうしたらあとは平穏な毎日がやってくるのだ。

待ちに待った静かな暮らし。前世作者だった責任を感じているところもあるし、世のため人のために尽くしていきたいと思う。

私は皆に歓迎されながら、初めて修道女たちの宿泊施設に入り、明日から自分の住処《すみか》となる部屋に案内された。

前世流にいうと、六畳一間程度の部屋に、ベッドと机とクローゼットが一つだけ。絨毯《じゅうたん》すら敷いていない、カーテンすら掛かっていない部屋だったが私が文句を言うことはなく、それもまた他の修道女たちを喜ばせた。

「最初から、清貧の心構えがあるなんて素晴らしいわ。きっとクローディア様は良き神の妻となられるわね」

そんな風に言われ、皆と一緒に食卓を囲んだ。

夕食はお馴染みのシチュー。肉の少ないそれは質素だったが、十分に美味しかった。

皆と一緒にお風呂に入り、就寝の挨拶をして与えられたばかりの部屋に戻る。

ベッドは狭く、硬かったが、すぐに慣れるだろう。

実際、あまり気にならなかった。

そうして迎えた翌日の早朝。

四時に起きた私は、真っ白な衣を身につけ、祈りの間にある神の像の前に立っていた。

足は裸足だ。何も持たない状態で、神への愛と、俗世からの脱却を誓うため、衣以外の何も身につけてはいなかった。

「さあ、クローディア様。神へ貞節の誓いを」

「はい」

皆が見守る中、私は神の像へと近づいた。神の像の足に口づければ、私は俗世から離れ、神妻となる。そうすればもう誰も、私をどうこうすることもできなくなるのだ。

ようやく来た、自由への一歩。

私は歓喜に震えつつも、神の像の前に跪《ひざまず》いた。

早朝の床はひんやりとしていたが、気にならない。これで全てのしがらみがなくなるのだという思いしかなかった。

――ああ、私はようやく自由になれる。

ほうっと息を吐いた、その次の瞬間。

バタンと大きな音を立てて、修道院の扉が開かれた。

「え……」

こんな早朝に何事だろう。

儀式の途中ではあったが、思わず振り返る。そこに立つ人物を見て、硬直した。

「シルヴィオ……」

シルヴィオが、息を乱しながらも扉を開け、真っ直ぐに私を睨みつけていたのだ。

身につけていた服は珍しくも少しよれている。彼は右手に丸めた羊皮紙を持っていた。

その目は爛々《らんらん》と輝き、獰猛《どうもう》な肉食獣に狙いを定められたかのような寒気さえ覚えた。

全員が呆気に取られる中、彼は大音声で叫んだ。

「クローディア!!」

「ひっ……」

あまりの怒気に居竦む。

完全に気圧《けお》され、ただ彼を見つめるしかできない私のところへ、シルヴィオがカツカツと歩み寄ってくる。それに気づき、修道女のサラが慌ててシルヴィオに言った。

「殿下！　いくら殿下でも、修道院への立ち入りは禁止です！　どうかお引き取りを‼」

サラの言う通りだ。

シルヴィオが王族でも、修道院のルールには従わなければならない。

だが、彼は怯まず、持っていた羊皮紙をサラに突きつけた。

「クローディアはオレの妻になる女だ！　その女を取り返しに来て何が悪い。それに、許可なら取った。修道院に立ち入ることを許す特別許可証だ！　いくらでも確認しろ！」

「……許可……証？」

驚くサラに、シルヴィオは獰猛に笑い、言う。

「そうだ。修道院の本部があるスノウディア王国に連絡して、わざわざ取り寄せた。スノウディアとは付き合いがあるからな。その伝手《つて》を使った。超特急で急がせて、許可証が届いたのが、つい三十分ほど前のことだ。危なかった。クローディアが修道女になどなっていたら、オレは何をしていたか分からないぞ」

その声音には間違いなく怒りが交じっていた。

許可証を確認し、サラがその場に倒れそうになる。その様子から許可証が本物であることは明らかだった。

「……」

蛇に睨まれた蛙《かえる》のように動けない。シルヴィオがサラをその場に放置し、私の方へとやってくる。

彼は私の目の前に立つと、腕を掴み、無理やり立たせた。そうして、自分の方へと引き寄せる。

「あっ……！」

何が起こったのか、咄嗟には理解できなかった。

シルヴィオの唇が、私の唇に重なっている。それも優しい口づけなんかではない。奪うような荒々しいものだ。

己の唇を押しつけたまま、彼はギラギラとする瞳で私を睨んでいる。

あまりの出来事に反応できなかった私は、ただ、そんな彼を見つめるしかできなかった。

「……」

どれくらい時間が経ったのだろう。

ようやく満足したのか、シルヴィオが唇を離した。その場に頽《くずお》れそうになるが、いつの間にか彼は私をしっかりと抱き締めていて、床にへたり込むようなことにはならなかった。

「まだ、修道女にはなっていないな？」

「え、あ、うん……」

神の像に口づけをする前であったのは事実だったので頷くと、シルヴィオは大きく息を吐いた。

そうして私を鋭い目で睨みつけてくる。

「お前はオレと結婚する女だろう。何を勝手に修道女になろうとしている！　公爵から連絡を受けたオレがどんな気持ちだったか、お前に分かるか！」

「し、知らないわよ！　それに修道女になるのは私の意思！　邪魔しないで！」

耳元で怒鳴られ、思わず言い返した。

修道女になるのに必要なのは個人の意思だけだ。それを怒られるのは意味が分からない。

「オレはお前に求婚しているのだぞ！　それが神に盗られるだと？　許せるはずがない！」

「別にシルヴィオに許してもらおうなんて思ってないわよ！　あとね、私はあなたの所有物ではないの！　盗られるとか嫌な言い方はやめてよね！」

「お前はオレの婚約者だろう！」

「親の決めたね！　私は一切同意していないから！」

ギリギリと互いに睨み合う。その緊迫した空気を破ったのは、後から入ってきた彼の側近であるロイドだった。

「はいはい。言い争いはそこまでにして下さい、殿下。許可を得ているとは言っても、長居するのは好ましくありませんし、城に戻りましょう。……クローディア様もそれでよろしいですね？」

「……ええ」

ロイドの威圧感が強すぎて、とてもではないが嫌だとは言えなかった。

私が同意すると、シルヴィオも怒りを鎮めてくれたのか、大人しくなる。ロイドは何が起こっているのかまだ分かっていない修道女たちに向かって頭を下げた。

「お騒がせ致しました。そういうことですので、クローディア様が修道女になるという話はなかったことにして下さい。いやはやよかった。クローディア様が修道女になる前にお止めすることができて。間に合わなかったら、殿下が大爆発するところでした」

「……」

言外に責められ、私は黙り込むしかなかった。

まさかシルヴィオが、修道院の本部に掛け合って、許可証をもぎ取ってまで私を迎えに来るなんて考えてもいなかったのだ。

そんな迷惑を修道院に掛けると分かっていたら、修道女になることは考えなかった。

私は申し訳ない気持ちで、彼女たちに頭を下げた。

「……ごめんなさい。修道女になりたかった気持ちは本当だったのだけど、無理みたいだから諦めるわ。あなたたちにこれ以上迷惑も掛けられないし」

シルヴィオが離してくれないので、抱き締められたまま頭を下げるというなんともしまらない格好ではあるが、それでも精一杯謝る。

我に返ったサラが、「そうですね」と言った。

「その方が……いいでしょう。きっとクローディア様は、修道女になる運命ではなかったのですよ」

「……ごめんなさい」

じゃあどんな運命なんだと聞きたかったが、返ってくる答えがものすごく怖いような気がして、聞くのを諦めた。

シルヴィオに抱きかかえられるようにして、修道院を後にする。

――ああ、私の、私の新たな人生が……！

あっという間に遠のき、振り出しに戻ってしまった。

項垂れる私に、シルヴィオが言う。

「オレの部屋に行く。拒否は許さないからな」

ものすごく拒絶したかったが、シルヴィオの顔が怖かったので大人しく頷くより他はなかった。

◇◇◇

「で？　どうしてあんな馬鹿な真似をしたのだ」

シルヴィオの部屋へと連行され、ソファに座らされた。

まだ時間は早朝の部類に入る。そんな時間に婚約者を拉致するように連れ帰ってきたシルヴィオを、城の誰も咎《とが》めなかった。

私の正面のソファに座ったシルヴィオが腕を組み、私に答えるよう促してくる。

それに私は正直に答えた。

「あなたと結婚したくなかったから。それ以外に理由なんてないわよ」

「オレと結婚するより、修道女になる方がいいと言うのか」

「ええ」

ツンとそっぽを向きながら頷くと、シルヴィオは声に怒りを滲ませながら言った。

「そんなにオレが嫌いか。オレはこんなにお前のことが好きなのに。好きだと伝えてきたのに、この思いを否定するのか」

「別に……シルヴィオが嫌いなわけじゃないわ。ただ、結婚はできないってだけ」

自キャラとして、彼のことは愛していると言ってもいい。だけど、男としてどうかと聞かれるとＮＯなだけだ。私の答えに、シルヴィオが分からないという顔をする。

「オレのことが嫌いでないのなら、結婚してくれ。オレの愛を受け入れてくれ。お前がオレを好きになってくれるのならなんでもする。だから……！」

縋《すが》るように言われ、私は思わず言ってしまった。

「いや、あなたそういうキャラではないでしょう。そういうことを言うのはロイドの方だと思うの」

解釈違いだ。シルヴィオはそんな性格ではない。

ヒーロー役だったロイドなら、「なんでもする」とか普通に言いそうだけれど。

そう思ったからの言葉だったのだが、シルヴィオは声を荒らげた。

「ロイドだと!?　クローディア！　お前、ロイドが好きなのか！」

まさかの被弾に、扉の近くで待機していたロイドが勘弁してくれという顔をした。

もちろん、私がロイドを好きなんて事実はどこにもないので否定する。

自キャラは誰であってもお断りなのだ。それがヒーローだとしても関係ない。

「違うわ。ロイドは関係ない。私は誰もそういう意味では好きじゃないの」

シルヴィオが私を凝視してくる。嘘がないか確かめているのだろう。

やがて、納得したのかシルヴィオは怒りを鎮めてくれた。

「……分かった。だが、意中の相手がいないというのなら、オレでもいいではないか」

「無理なの。お願いだから諦めて」

「嫌だ」

結婚したいシルヴィオと、結婚したくない私。

どちらも退く気がないので、話は全く進まない。結局昼を過ぎ、夕方になってしまった。

いい加減うんざりしていたのだろう、ロイドが提案した。

「とりあえず、今日はクローディア様にはお帰りいただいてはどうでしょう。一晩経てば、クローディア様も殿下も多少は頭が冷えるでしょうし、もう少し冷静な話し合いができると思います」

「……そうだな」

ロイドの提案に、シルヴィオも頷いた。

私としても否やはない。ずっと喋《しゃべ》りっぱなしで疲れたのだ。屋敷に帰ってもいいと言うのなら帰りたかった。

「クローディア」

帰り際、馬車に乗ろうとした私を、シルヴィオが引き留めた。振り返ると彼はじっと私の目を見つめてくる。彼の瞳は熱く、こちらが怯んでしまいそうなギラつきがあった。

「今日は屋敷に返してやる。だが、明日、朝一で迎えに行くからな。今から父上に許可をいただきに行って、お前を城に住まわせることにする。何せ、このままだとどこに逃げられるか分かったものではないからな」

「え……」

城に住まわせるというまさかの言葉に声を失った。

「父上は賛成して下さるはずだ。この城で、お前をオレの嫁にしたいと誰よりも願っているのが父上だからな。クローディア。オレはお前を逃がす気はない。明日、迎えに行くまで大人しくしておけ」

呆然とする私をその場に残し、シルヴィオは踵を返した。

その場に立ち尽くしていた私は御者に促され、なんとか馬車に乗り込んだが、頭の中は真っ白だった。

——城に、住むことになる？　私が？

何も考えられず、屋敷に戻る。

私を見た両親が安堵のあまりその場で泣き崩れた。そんな二人におざなりではあるが、勝手な行動を取ったことを詫び、自室に戻る。

おそらくはシルヴィオの指示なのだろう。部屋の外には見張りが置かれた。

「……」

窓際の椅子に座り、ぼんやりと外の景色を眺める。

先ほどのシルヴィオの顔を思い出していた。

彼が私を城に住まわせると言ったあの時、彼の目には熱が籠もっていた。ギラギラとした男の欲望を象徴するような分かりやすい熱が。

きっとこのまま城に行けば、私はシルヴィオに既成事実を作られ、それこそ彼と結婚する以外の道を潰されてしまうのだろう。そうすれば、私以外の皆が万々歳だ。

速やかに挙式が行われ、私は彼の妃になってしまう。

「……私以外がハッピーエンドって、何それ」

せっかくドアマットヒロインを回避したというのに、気づけば私だけバッドエンドとか全くもって笑えない。

これも、前世の行いが悪かったからだろうか。そこまで酷いことをした覚えはないのだけれど。

「……結婚、するしかないのかな」

修道女になる道も絶たれた。

もう一度行ったところで、彼女たちに受け入れてもらえる可能性はゼロだろう。あれだけの騒ぎを起こしたのだから、それも当然だと思うけれど。

「お嬢様」

窓の外の景色を眺めながら独り言を呟いていると、アメリアが話し掛けてきた。

重怠《おもだる》い気持ちで振り向く。彼女の目は私を心配していた。

「お嬢様。本当に、殿下と結婚なさりたくないのですか？」

「？　ええ」

いつもとは違う。やけに真剣な響きに首を傾げつつも頷いた。

私はシルヴィオとは結婚できない。

彼を愛してはいるけれど、それは作者としての愛であり、男女の情愛ではないからだ。

いくら彼に口説かれようと、シルヴィオが私の自キャラである限り、彼に応えようとは思えない。

彼には私とは関係ないところで幸せになって欲しい。それが作者である私の願いなのだ。

「私は、シルヴィオとは結婚したくない。シルヴィオの求愛には応えられないの」

「どうしても？」

「ええ」

「――分かりました」

私の答えを聞いたアメリアは頷き、私の手を両手で握った。

「お嬢様がずっと殿下と結婚したくないと言い続けていらっしゃったのは、よく存じております。それが本心であることも分かりました。本当は、このまま殿下とご結婚なさるのがよいと思いますが、憂えるお嬢様の顔は見たくありません。……協力します」

「アメリア？」

パチパチと目を瞬かせる。アメリアは私の目を見てしっかりと頷いた。

「お嬢様の叔父上、デリク様を頼りましょう。確か、隣国へ行かれたという話でしたよね」

「え、ええ」

突然叔父の名前を出され、戸惑いつつも返事をする。

「私には五歳年上の兄がいます。兄に頼んで、馬車を出してもらいましょう。……デリク様のお屋敷まで送ってもらえるよう頼みます」

「……いいの？」

降って湧いた突然の展開に、目を見開く。

まさか長年勤めてくれているメイドが、助け船を出してくれるとは思わなかった。

「いいんです。お嬢様が、悲しい顔をしている方が辛いですから。兄は近くに住んでいますから、今夜にでも決行しましょう。明日になれば、殿下が迎えに来てしまいますからね。大丈夫です。きっと上手くいきますよ」

「ありがとう……」

涙がぶわりと溢れた。我慢できなくて、アメリアに抱きつく。

差し出された助けが震えるほどに嬉しかった。

「ありがとう、ありがとう、アメリア」

しがみつきながら何度も礼を言う私を、アメリアが困ったという目で見つめてくる。

「お礼は、成功してから聞きます。お嬢様、二度とお屋敷に帰れなくなっても構いませんね？」

彼女の言葉に、私は涙を拭いながらもしっかりと頷いた。

「ええ、この家に未練はないわ。私を連れていって」

「分かりました」

私の意思が堅いことを再確認したアメリアは、それからすぐに動き始めた。

まずは、己の兄に手紙を書く。彼女は屋敷の近くを歩いていた平民らしき少年を捕まえ、使いを頼んだ。

「私の兄に、この手紙を届けて。ちゃんと渡してくれたら、兄がお駄賃をくれるから」

駄賃という言葉に、少年の目が輝く。

「分かったよ！　オレに任せてくれ！」

意気揚々と駆け出していく少年とアメリアとのやりとりを、私は自室の窓から眺めていた。

私は見張りがいるせいで、部屋の外には出られない。

アメリアに全部任せるしかないのだ。

「お嬢様、大丈夫です。上手くいきますよ」

「……ええ」

戻ってきたアメリアが笑顔で言う。だけど、あの少年が本当にアメリアの兄に手紙を届けてくれるのか心配だった。

だが、アメリアは成功を確信しているようだ。

「先払いではなく後払いにしていますからね。絶対に届けてくれますよ。手紙にも『使いにお駄賃をあげて欲しい』と書きましたし、問題ありません」

「そう、それならいいんだけど……」

曖昧に頷く。

アメリアを信じられないのではない。

本当にここから脱出できるのか、シルヴィオから逃れられるのか、不安でたまらなかったのだ。

修道院の時のように、またどこかで失敗するのではないか。

そんな不安が、常に私を襲っていた。

そしてその夜、真夜中を過ぎた頃、アメリアは動き出した。

彼女の指示で、今夜はアメリアと一緒に眠ると皆には言ってある。

修道院で騒動を起こしたばかりの私。

一人にするよりも、アメリアを側に置いた方がよいと思われたのか、その願いは案外、簡単に叶えられた。

「お嬢様、準備はいいですか？」

「……ええ」

すでに服は着替えている。

着ているのはいつものヒラヒラしたドレスではない。アメリアの私服だ。

ドレスで夜逃げなど目立ってしょうがないというのが彼女の意見で、私もそれに賛成した形だ。

「それでは行きますよ。ええーと……この辺りに……」

準備万端だと、私が硬い顔で頷くと、どこで用意してきたのか、アメリアはベッドの下からロープを取り出した。

「え……何それ」

「先ほど用意しました。お嬢様なら、窓からの脱出が可能でしょう？　今の時間、ちょうど警備は屋敷の裏側を巡回しているはずです。今のうちに下に降りましょう」

「……すごい。完璧ね」

「もちろん。でなければ、脱出などできませんから」

私のメイドが優秀すぎる。

彼女が味方になってくれたことに心から感謝し、私たちはロープを使って、庭に降りた。

アメリアが言った通り、周りには誰もいない。

中庭は真っ暗で、少しだけ怖かった。

「お嬢様、こちらです」

「……ええ」

これは、自分が望んだこと。闇を恐れている場合ではない。

恐怖を振り払い、アメリアの誘導に従って、屋敷を抜け出す。

私は完全に彼女を信じていた。彼女の言う通りにすれば屋敷から脱出できると、彼女の指示に従い、闇の中を駆け抜けた。

時に物陰に隠れ、時に走り、そしてついには誰にも見つかることなく、屋敷を脱出することができたのだ。

「すごい……」

暗闇の中、屋敷を見上げる。

自分がここから抜け出せたことが信じられなかった。

「ありがとう、アメリア。本当にあなたのおかげよ……」

私一人では、絶対にここまで辿り着くことができなかった。

それくらい、このミッションの難易度は高かったのだ。

警備の位置をアメリアが記憶していてくれたから、今、私はここに立つことができている。

感動さえ覚えていると、アメリアが焦った声で言った。

「お嬢様。気を抜くのはまだ早いですよ。ここからです。ここから、兄と合流しなければなりません。急ぎますよ」

「え、ええ」

厳しいアメリアの言葉に、その通りだと気を引き締め直す。

彼女が走り出す。その後ろを必死で追った。

足が少し痛かったけれど、待ってくれとは言わない。

彼女の焦りが伝わってきたからだ。

いつ、私がいなくなっていることに気づかれるか分からない。これは時間との勝負なのだ。

「お嬢様、もう少しです。頑張って下さい」

「分かっているわ」

泣き言は言わない。

私のために危険を冒してくれている彼女に失礼だから。

痛みを堪え、足を動かす。

真夜中で、殆ど灯りがない中、アメリアと二人だけで誰もいない道を走るのは少し怖かったが、
立ち止まってしまう方が恐ろしいと分かっていた。

だって、見つかったら、きっと連れ戻されてしまう。

そうしたら、私はシルヴィオと結婚させられるし、アメリアだって、ただではすまない。

主人を裏切り、その娘の逃走を助けたのだ。罰せられる可能性は十分にあった。

計画を実行してしまった私たちには、それを成功させるしかもう道がないのだ。

幸いにも、まだ、皆には気づかれていないようで、追手らしき影は見えなかった。

十分ほど走り、アメリアが、声を上げる。

「兄さん！」

少し先、道の端に幌馬車《ほろばしゃ》が停まっていた。その側に誰かが立っている。

おそらくは、アメリアの兄なのだろう。

それまでずっと緊張していた彼女の顔が、彼を見た途端、緩んだのだから。

安心して、彼女の後に続く。幌馬車はずいぶんと古いものだったが、手入れがきちんとされていた。

アメリアの兄だという人に挨拶をする。

「すみません。ご迷惑をお掛けします……」

頭を下げると、アメリアの兄は私の背中をぽんと押した。

「え？」

「挨拶はいい。追手が掛けられる可能性もあるんだろう？　出発するから馬車に乗れ。乗り心地は保証しないからな」

「は、はい……」

促され、頷く。

どうやら、彼はアメリアが頼んだ通り私を隣国の叔父の屋敷まで送り届けてくれるようだ。

――ああ、ようやくここまできた。

まだ安堵するには早いと分かってはいたけれど、合流すべき人と合流できたことで、力が抜けたのだろう。

どっと疲れが押し寄せてくる。

「お嬢様、お早く！　馬車に乗って下さい」

アメリアが私を急かす。

まだ追手が来るかは分からない。

だけどとりあえず第一関門は突破したらしいと知り、私は緊張しっぱなしで、ずっとドキドキしていた自分の胸をそっと押さえたのだった。

◇◇◇

「クローディア様、大丈夫ですか？」

「ええ、ありがとう」

アメリアの兄が用意した幌馬車の中、夜の寒さに震えていると、アメリアが毛布を手渡してきた。

それを受け取り、肩から掛ける。ずいぶんと古びた毛布ではあったが、一枚あるだけでかなり温かい。ホッとしているとアメリアが言った。

「上手く抜け出せてよかったですね」

「アメリアのおかげよ……」

お世辞でもなんでもなく、本当に彼女のおかげだった。

彼女が導いてくれなければ屋敷を抜け出すことなどできなかっただろう。

本当は連れてくるべきか迷ったのだが、私を連れ出したことが知られれば、罪に問われるのはアメリアだ。恩人である彼女をそんな目に遭わせたくなかった私は、出発直前、彼女に一緒に来てくれるよう懇願した。

「お願い、アメリア。一緒に来て」

言ってみたものの、多分、無理だろうなと思っていた。

彼女は家族のために奉公に来ているのだ。ここまで協力してくれただけでもありがたい。

それは分かっていたけれど、彼女が罰せられるところはどうしても見たくなかった。

「お願いよ。私の我が儘だと分かってる。だけどあなたに来て欲しい」

「お嬢様……。はあ、分かりました。仕方ありませんね」

兄に私のことを頼んだ後は屋敷に帰るつもりだったアメリアは、私の懇願を聞いて、しばらく悩みはしたものの、結局は一緒に馬車へと乗り込んでくれた。

「お嬢様を一人にすると心配ですから」

そんな、理由にもならないようなことを言って。

だけど、彼女が来てくれるのは、本当に心強い。一緒に馬車に乗って、こうして彼女の顔を見ているだけで、心が落ち着いてくるのだ。

公爵家所有の馬車とは違い、彼女の兄が用意してくれた幌馬車の乗り心地はあまり良くない。

座席などないし、敷物もない床板の上に直接座っている。

振動は直接伝わってきて、時折酔いそうになるし、冷気が床板や幌の隙間からも入ってきて、身が切れるようだ。

だけど贅沢を言うつもりはなかったし、叔父の家まで送り届けてくれるというのは本当にありがたかった。もし、今後、私が何かで成功することがあったら、真っ先に彼女たちに恩を返したいと心から思うくらい。

特にアメリアについては仕事を奪ってしまった負い目がある。叔父の家に着いたら、真っ先に彼女を雇ってもらえるよう頼み込もうと考えていた。

真っ暗な道を逃げるように走る馬車。

まさに夜逃げのようだと思い、夜逃げだったなと思い直した。

そして逃げる要因となったシルヴィオのことを連鎖的に思い出した。

「……」

唇に指を当てる。ずくん、と疼《うず》きのようなものを感じた。

今更だが、私は彼にファーストキスを奪われてしまったのだ。彼の熱い唇の感触を思い出し、ほうっと息を吐く。

嫌だとは思わなかったが、まさか皆が見ている前で口づけられるとは思わなかった。ファーストキスがあれとか、なかなかに黒歴史ではあるまいか。

あんな辱めを受けたのだ。できれば文句の一つも言ってやりたいところだったけれど。

「……許してあげる」

もう、シルヴィオと会うことはないのだから。

「あれ？」

つうっと涙が一筋、頬を滑り落ちていった。

どうして自分が涙を流しているのか分からない。だけど、胸が痛かった。

寂しい、と心が訴えかけていた。

涙がほろほろと零れ、止まらない。

「何、これ……」

慌ててハンカチを取り出し、涙を拭う。

悲しい、なんて思うはずがないのに。

だって、私はやりきったのだから。

ようやく私は、全てから逃れることができたのだ。

ドアマットヒロインを回避し、自キャラに嫁がされるという未来も回避した。

だから、悲しいはずなんてなくて、むしろ嬉しいはずなのに。

自分で自分の心が分からなかった。

必死に涙を堪え、別のことを考えよう。

そうだ、先のこと。叔父の家に着いてからのことを考えよう。

そうすれば、このよく分からない悲しみも涙も収まるだろう。

「えっと……これから、どうしようかな」

なんとか、思考を別の方向に逸らす。

新たな目標。私に必要なのはそれなのだと分かっていた。

とはいえ、幼い頃から掲げていた目標がなくなってしまい、すぐには次の目標を見つけられない。

だけどこれは、贅沢な悩みだ。

やっと私に訪れた自由。私はもう、どこに行くのも自由で、その未来に震えることもない。

「ミッション、コンプリート」

シルヴィオは良い王子になったし、私は彼から逃れることができた。

全員がハッピーな展開。

これにて私のお役目は終了。最高の結末ではないだろうか。

そう、最高の結末だ。

シルヴィオだって、私が消えたと知れば、他の誰かと婚約をし直すだろう。彼は彼で幸せになってくれるといい。今の彼なら、誰と結婚しても上手くいくに決まっているのだから。

そのことを想像すると、また胸が軋むように痛むけれど、これは己の生み出した子が己の手から離れていく寂しさだろう。喜びと同時に寂しさを覚えるのはよくある話だ。

「ようし、これからは自分の人生を考えよう！」

わざと明るい声を出し、自分に言い聞かせる。

これからの人生。

できればひっそりと、目立たないように生きていきたい。

一人で暮らせれば十分。そのために、何か私にできる技能を磨こう。最初は上手くいかなくても、決して諦めたりはしない。

世の中はそんなに甘くないということを、前世の記憶を持つ私は知っているのだから。

堅実に、確実に、生きていきたい。

そして、遠くからシルヴィオの幸せを祈ろうと思う。

彼が良き伴侶を迎え、王になる。その治世を少し遠い場所から見守ろう。

「それがいいかな」

今後の方針を決めた私は、ようやく安堵の息を吐き、目を瞑ることができたのだった。

第四章　そういうのは……ちょっと要らないかな

幌馬車で逃げ出してから数日後、私は無事、スノウディア王国にある叔父の屋敷へと辿り着いた。

予《あらかじ》め住まいは聞いていたので、迷うことはなかった。

従者を二人連れただけで、逃げ込んできた私を見た叔父夫婦は、驚きはしたものの、嫌な顔一つせず受け入れてくれた。

逃げ出してくるくらいだ。気にはなるが、今は無理に事情を聞くべきではないと考えてくれたのか、そっとしておいてくれた。

私がシルヴィオの婚約者であったことは分かっているだろうに、だ。

ただ、父に行き先を告げたかとだけ聞かれた。それに首を横に振ると、叔父は「そうか」と言いつつも、父には連絡しないと約束してくれた。それどころか「好きなだけここにいればいい」とまで言ってくれて、私は心底ホッとした。

何も聞かれないのはありがたい。

シルヴィオの結婚包囲網から逃げ出してきた、彼と結婚するのが嫌だったとは言いづらいと思っていたからだ。

何せ、昔から結婚すると決まっていた相手なのだ。しかも相手は王子。貴族の娘としては喜んで嫁ぐのが当然。

相手方全員に求められているという、本来なら幸せなはずの状況の中、自分の我が儘だけで逃げ出してきたという自覚があった私は、なかなか言い出すことができなかった。

無理に話をさせられたら、私はまたどこかに逃げていたかもしれない。本当に叔父夫婦には感謝している。

アメリアと、その兄についても叔父は受け入れてくれた。

アメリアを引き続き私のメイドとして、その兄は従者として叔父の屋敷で雇ってくれたのだ。

それにより彼女は前と変わらず賃金を受け取れるようになった。アメリアが家族に仕送りをしていることを知っていた私としては本当にありがたかった。

二人は以前と同じように私を可愛がってくれた。

まるで本当の娘のように愛してくれ、大事にしてくれた。

今まで望んでも、一度も得られなかった穏やかな生活がここにはあった。

叔父夫婦の屋敷に来て一ヶ月が経つ頃には、ここでならやっていける、私も一から出直せるのではないかと思い始めることができていた。

◇◇◇

「行ってきます」

早朝、いつものように屋敷の使用人たちに声を掛け、外に出た。

この国に来て二ヶ月が経ち、生活基盤を得た私は、少し前から働き始めていた。

働き口は、叔父夫婦が紹介してくれたパン屋さんだ。

叔父たちはそんなことをする必要はないと言ってくれたのだが、私は何か手に職をつけたかった。

今はいいにしても、最終的には独り立ちしなければならないのだ。それまでに、自分ができることを見つけたかった。

叔母の家は大きな商家で、商売を手広くやっている。小麦などの卸販売などもしており、紹介してもらったパン屋は、その繋がりだった。

屋敷を出て、町の大通りを歩く。

今の私は、公爵家の令嬢でも、王太子の婚約者でもない。ただの町娘だ。

町娘らしく、皆と同じようなワンピースを着ている。ウエストをコルセットベルトで締めているので、身体のラインが出るが、ワンピース自体はシンプルなものだった。ヒロインであるクローディアが持つ美貌は隠しきれないが、化粧をせず、特徴的な髪を後ろで一つに束ねてしまえば、そこまで目立たないだろう。

気にしすぎていては何もできないので、その辺りは目を瞑ることにして、とにかく今は手に職をつけるのだと頑張っていた。

「おはようございます」

パン屋の朝は早い。

大通りは、開店準備をする露店の店主たちが忙しそうに働いていた。そのそれぞれに挨拶をしながら目的地を目指す。

私が働かせてもらっているパン屋さんは、大通りに店を構える、この王都でも一、二を競う有名店舗だ。叔父たちが紹介してくれるようなお店だから当たり前かもしれないけれど、最初に挨拶に行った時は驚いた。

てっきり個人でやっているような小さな店だとばかり思っていたのだ。

それが、何十人も職人を抱えるような店舗だったのだから、私が呆然とするのも当然で、紹介された店側も、こんな小娘に何ができるという顔を隠しもしなかった。

実際、私はこの世界では公爵令嬢としてしか生きていない。普通なら、初日にでも使い物にならないと追い出されるのが当たり前だし、実際、叔父たちは「だから諦めろ」と言うためにここを紹介したのだろうが、幸いにもそうはならなかった。

それは何故か。

昔取った杵柄《きねづか》というやつである。

前世の話だが、実は、私は小説家になる前、わりと長い間、パン屋でアルバイトをしていた。

期間は約十年。たとえアルバイトでも十年もやればそれなりに技術は身につく。

すっかり忘れてはいたけれども、どうにかそれを思い出しながら、職人たちの指示に従い必死に働いた結果、未熟ではあるが、下働きにはぎりぎり使える、邪魔にはならないから、いてもいい、程度の評価を得ることができたのだ。

人気の店はいつだって人手不足だ。特に、下働きは何人いても困らない。

そうして見事、仕事をゲットすることができた私は、それからほぼ毎日、働きに出るようになったというわけだった。

ちなみに採用されたと伝えたところ、叔父たちは絶句していた。そのパン屋さんは実は仕事がかなり過酷で従業員にも厳しく、公爵令嬢の私が採用されるとは思わなかったらしい。

世間はそんなに甘くないよ、働くなんてやめなさいと私を慰めるはずだった叔父夫婦は、口をあんぐりと開け、ものすごく驚いていた。

「おはようございます！」

パン屋の裏口から入り、挨拶をする。すでに来ていた同僚たちから挨拶が返ってきた。

すぐさま準備を整え、仕事に入る。仕事は早朝から昼過ぎまでだが、暇を持て余している私にはちょうどよかった。

パン屋は、意外と重労働だが私は楽しいし、紹介してもらえて幸運だったと思っている。

ここでの私は公爵令嬢でもなんでもないから、皆も友達口調……というか私が一番の下っ端なので命令してくる。それすらも新鮮で楽しかった。

元々、私におしとやかな公爵令嬢なんて似合わなかったのである。

ここに来て、ようやく本来の自分が息を吹き返したような、そんな気がしていた。

自国も暮らしやすかったが、スノウディア王国も悪くない。治安も良いし、何より嬉しいのは、こちらには自キャラが誰一人いないことだ。

だって、私は隣国での話など書かなかったから。

それは私の精神をとても安定させた。

ここでは普通に生きていける。もしかしたら、好きな人だってできるかもしれない。

密やかに生きていくしかないと諦めていたけれど、この国でなら私は自由になれるのではないだろうかとそんな期待さえ抱き始めていた。

毎日が充実し、あっという間に日々は過ぎていく。

友達と呼べる人もできた。同僚もいれば上司もいる。叔父たちは優しいし、アメリアも一緒だ。

これ以上何を望むことがあるだろう。

私は、まさに人生で一番幸せだと言える日々を過ごしていた。

◇◇◇

「ちょっと、いいかな」

「はい？」

昼過ぎ。今日の仕事が終わり、帰り支度をしていた私に、職人の一人が話し掛けてきた。

黒髪黒目の彼は、次期店長候補とも目される人だ。

菓子パンを作るのが特に上手く、次々と新商品を開発してはヒットさせている。店になくてはならない重要な職人の一人で、確かモーリスという名前だったはず。

かなりのイケメンで、彼を目当てにやってくる客も大勢いるほど。

つまりは看板職人だ。

「なんでしょう」

一体私に何の用だろうと首を傾げると、モーリスさんは「その……」と口ごもりながら言った。

「話があるんだ。少し……いいかな？」

「？　はい」

彼とは今まで、何度か話している。

気さくな人で、私の素人丸出しな質問にも嫌な顔一つせずに答えてくれた。そんな彼からの話。

何か悩みでもあるのだろうか。私で力になれるだろうかと思いながら、荷物を抱え、モーリスさんが指定した場所へと移動した。

店の裏口。大通りとは違い、薄暗い路地ではあるが、普段から使っている道だし、日も高いので、特に身の危険は感じない。

裏口から少し離れた場所にモーリスさんが歩いていく。あまり奥に行くと、さすがに怖いなと思ったところで、彼は歩みを止めた。

くるりと振り返る。モーリスさんの顔は真っ赤だった。

——あっ。

さすがに察した。

男の人が女性を呼び出し、顔を真っ赤にしている。この状況なら、答えは一つしかない。

おそらく、モーリスさんは私に告白するつもりなのだ。

――え？　ええっ⁉

動揺した。

確かに、クローディアとしての私は、自分で言うのもなんだが、かなり容姿が整っていると思う。外見で惚れられるのも分からないでもないのだが、毎日、鬼の形相で働いている私に惚れるか？　とも思ってしまうのだ。

何せ、働き始めて数週間のぺーぺーだ。皆についていくのが精一杯で、自らを取り繕っている余裕などない。

しかも相手は、たくさんのファンがいるイケメン職人。私を相手にする必要なんてどこにもないのだから。

「……」

「その、ええっとね」

「あ、はい」

こほん、と咳払いを一つし、モーリスさんが注意を引く。

視線を向けると、彼は顔を真っ赤にしたまま私に言った。

「その……もう察してくれているとは思うんだけど、改めて言う。僕は、君が好きだ。できれば恋人になってもらいたい」

「……ありがとうございます。でも、私のどこを気に入ってくれたんですか？」

ズバリ、聞いた。本気で分からなかったからだ。モーリスさんは動揺したように一歩後ろに下がったが、すぐに答えてくれた。

「君の、頑張る姿に惹かれたんだ。君の働いている姿を見ると、僕ももっと頑張ろうって思える。いつの間にか、君を視線が追うようになって……それで好きだって気づいたんだ」

「そ、そうですか……」

外見かと思いきや、まさかの「頑張る姿」だった。

ある意味、ガチすぎる答えになんと返せばいいのか分からない。

モーリスさんは顔を真っ赤にしたまま俯《うつむ》き、私の答えを待っている。その彼をじっと見つめながら私は考えていた。

――モーリスさんなら、将来有望なパン職人だし、恋人にするには悪くない選択なのかも。

すっかり一人で生きていく気満々だった私ではあるが、やはり多少は寂しかったのだろう。気持ちは揺れた。

何せ、すごく真っ当な理由で好意を抱いてくれたのだ。しかも相手のことを私は別に嫌いではない。次期店長候補というだけあって努力家だし、性格だって真面目だ。

そして一番大事なことだが、彼は自キャラではない。

付き合いたくない理由はどこにもない。それなら恋人になるという選択をしてもいいのではないだろうか。

だけどその考えを私の中にいるもう一人の私が否定する。

――モーリスさんって努力家だけど、シルヴィオほどではないのよね。

それな！　と私の中にいる残りの全私が叫んだ。

そう、確かにモーリスさんは努力家なのだ。だけど、シルヴィオには遠く及ばない。彼の努力は本当に涙ぐましいほどで、彼を見捨てようと思っていた人たちが皆、掌を返したくらいには頑張ったからだ。

あと、モーリスさんは結構なイケメンなのだが、シルヴィオほどではない。

まあ、相手は王子だ。彼と比べる方が間違いだとは思うのだが、いかんせん、彼を間近で見続けてきたせいで、自分の中でのイケメンハードルはかなり上がっていた。

シルヴィオと比べると、どうしても見劣りしてしまう。

そんなつもりはなくとも……うーん、となってしまうのだ。

モーリスさんが明らかに勝っているところは人柄なのだが、オレ様色の強いシルヴィオも最近はそれほどでもなくなったから、欠点と呼べるような感じでもない。

モーリスさんの真面目な人柄は好感が持てるが、シルヴィオも最近はとても真面目で皆から信頼される素晴らしい王子に成長して――と、どうしてさっきから私はシルヴィオと比べてばかりいるのだ！

自分で自分が分からない。

混乱した気持ちを抱え、グルグルとしていると、痺《しび》れを切らしたようにモーリスさんが言った。

「その……クローディアさん。返事が欲しいんだけど」

「えっ……あっ……ごめんなさい」

我に返った。

慌てて謝り、曖昧に笑う。

とにかく分かったことは、どうやら私は彼と付き合えないという事実だ。

何せ、全てをシルヴィオと比べてしまう。

そんな失礼なことをしておいて、恋人になんてなれるはずがないのだ。

だから私は正直に自らの気持ちを伝えた。

「その、お気持ちは嬉しいのですが、私はあなたの思いには応えられません」

回りくどい言い方はしなかった。

真っ直ぐに告げると、モーリスさんはショックを受けたような顔をし、私に言った。

「え……僕の何が駄目なのかな。もしかして、クローディアさん、好きな人がいるとか？」

その言葉に、何故かシルヴィオの顔が思い浮かんだが、即座に「ない、ない」と振り払った。

「いません。ただ、私は、今は誰とも付き合う気がなくて……」

「クローディアさんって、親がいないんだよね？　僕と付き合って、ゆくゆくは結婚ということになれば家族だってできる。将来僕は独立して自分の店を構えるつもりだから、夫婦でパン屋を経営するという夢だって持てる。その……僕は君を大切にするつもりだし、僕にできることはなんでもする。それでも……駄目なのかな」

私に親がいないというのは、他国出身であるとしか皆に伝えていないために生まれたデマである。噂など気にしない私は放っておいたのだが、モーリスさんはその噂を信じていたようだ。

それに苦笑しつつも、断りの言葉を告げる。どうしたって、彼との未来を描くことができなかった。

「ごめんなさい。私、本当に今は恋人を作るつもりはなくて……」

「そうか……。いや、無理強いはよくないな。分かったよ。でも、僕は諦めないから。もし、気が変わったらいつでも言って欲しい。僕はいつだって君を受け入れるから」

「……ありがとうございます」

そんな日は来ないと思うが、形式的に礼を言った。

モーリスさんは悄然《しょうぜん》としながらも、無理やり笑顔を作り、私に言う。

「その……最後に握手してもらってもいいかな」

「握手ですか？　はい、構いませんけど」

どうしていきなり握手を求められたのか分からなかったが、特に断る理由もなかったので頷いた。

モーリスさんが近づいてくる。手を差し出されたので、その手を握ると、何故か握った瞬間、彼に引っ張られた。

「あ……」

「ごめん……」

モーリスさんの顔が近づいてくる。

キスされる――そう気づいた私は反射的に掴まれていない方の手で、彼の頬を思いきり叩いた。

「嫌っ！」

「っ……痛……！」

パン、と乾いた音が鳴る。モーリスさんが唖然とした顔で私を見ていた。私は彼が動揺している隙に彼の手を振り払い、距離を取る。

「何をするんですか！」

信じられないような嫌悪感が身の内を襲っていた。

嫌だ。気持ち悪い。絶対に無理だという思いが頭の中を駆け巡っている。

キスなんて、大したことがないと思っていた。唇と唇が触れ合うだけの行為に深い意味などないのだと。

だって、シルヴィオとキスした時、嫌だなんて思わなかったから。

やってしまったとは思ったけれど、嫌悪は感じなかった。だから、私にとってキスとはその程度のものだと思っていたのだ。

でも、違った。

モーリスさんに口づけられると思った瞬間、拒絶感が走り、耐えられなかった。咄嗟に彼の頬を打ち、難を逃れることができたが、もし口づけられていたらと思うと、想像すら許せない。

「こういうことをする方だとは思っていませんでした。軽蔑します」

同じことをシルヴィオにされても、そんな風には思わなかったのに。

それがモーリスさんに代わるだけでどうしてこんなにも許せない気持ちになるのか、分からなかったし、分かりたくもなかった。

「ごめん……」

私に叩かれた頰を押さえながら、モーリスさんが謝る。彼としても衝動に駆られただけだったのだろう。それは彼の様子を見ていれば分かったが、そう簡単に許せそうになかった。たとえ未遂であったとしても。

「私は──」

「おーっと、お取り込み中かな。うわっ！　美人がいる。すげえ！」

「っ⁉」

突然、割り込んできた声にビクリと肩が震えた。何事かと声の方に振り向くと、男が三人、ニヤニヤとしながらこちらに向かってくる。

男は三人ともくたびれた格好で、顔が赤い。昼間から酒を飲んでいる破落戸《ごろつき》と言うのが正しい有り様だ。

彼らはモーリスさんに向かって偉そうに言った。

「おい、そこの兄ちゃん。その美人をオレたちによこしな」

「な、何を……」

モーリスさんが目を見開く。男たちは実にいやらしい目つきで私を見た。

「いやなに、なかなか見ることができない美人だからな。せっかくだからオレたちの相手をしてもらおうと思ったんだよ」

「着ている服は貧相だが、姿形はまるで貴族のお姫様だ。こりゃ、高く売れるぞ」

「ちょうど明日、オークションがある。それまでオレたちで楽しんで、その後は金持ちに売る。いやあ、歩いてるだけで最高の商品が見つかるなんて、オレたちは運が良いなあ」

「……」

オークション、という言葉に身体が震えた。

人身売買を行っている地下オークション。そういったものが存在するのは知っていた。

何故なら、私が書いた小説の中でもその存在を何度か匂わせていたからである。

どれだけ平和な国でも、闇は存在する。

その闇の一つが、人身売買が行われている地下オークションだった。そこでは三日に一度、競売が行われ、奴隷として人が買われていく。

買うのは金持ちの腐った貴族や、商人たち。

見目の良い女性などは性奴として買われ、落札者に仕えることが多いのだ。

男たちの言葉から、彼らがそのオークションに私をかける気でいることを理解し、咄嗟に逃げようとする。だが、三人のうちの一人が、私を捕らえた。

「おっと、逃げようったってそうはいかないぜ。こんな上玉、逃がすかよ」

「は、離してっ！」

必死で暴れるも、男たちは下卑た笑い声を上げるだけで、手を振りほどくことすらできない。

助けを求めてモーリスさんを見ると、彼は可哀想なくらい震えていた。

「モ、モーリスさん……」

「なんだ？　彼女を助けるために頑張るか？」

どっと笑い声が起こる。

「殴り殺されたくなかったら、さっさとここから去るんだな。お前は売り物にはならなそうだし、遠慮なくやってやるぜ？」

「ひぃっ！」

男に睨まれ、モーリスさんは泣きそうな声を上げてその場から逃げ出した。

私を一度も見ることなく。

助けようとする素振りさえなかった男を、私は呆然と見送りながら、やはり彼と恋人になんてならなくてよかったと思ってしまった。

別に逃げてくれるのは構わない。だけど、一顧だにせず走り去ってしまわれたのには、少なからずショックを受けたのだ。

「あーあ、見捨てられちまったな？」

笑いながら私を捕らえた男が言う。その目はギラギラと気持ち悪かった。私を品定めするように見つめ、満足そうに笑う。

「酒代が切れて困っていたところだったんだよ。女も欲しかったからちょうどよかった。これから明日の昼まで、とりあえずオレたちの相手をしてくれよな。その後は、金持ちの親父にでも高い金で買ってもらってくれ。オレたちはその金でまた酒を飲む」

「最高だな！」

「ああ！」

何が最高なものか。最低ではないか。

男たちの勝手な言い分に身震いする。嫌悪のあまり、全身に鳥肌が立っていた。

ドアマットヒロインを回避して、あり得ない自キャラとの婚姻からも逃げおおせて。

ようやく自分なりの幸せを見つけようと思ったところで、性奴としてオークションにかけられるなど誰が想像しただろう。

しかも、売られる前にこの男たちの相手をしなければならないとか、ある意味、ドアマットヒロインになる以上の、バッドエンドである。

「やめて！　離して！」

必死で抵抗する。ジタバタと暴れ、なんとか隙を作ろうと頑張った。だけど男の手はビクともしないし、残り二人も私の周りに集まってきて、とてもではないけど逃げられるような状態ではなかった。

「嫌！　嫌！」

こんな男共に好きにされるなんて絶対に嫌だ。だけど、抵抗は無意味で、私は男の肩に担がれてしまった。

「暴れんなって。大人しくしてたら、優しくしてやるからさ」

「どこでヤる？　オレの家でも構わないぜ？」

「そうだな……」

暴れる私を無視し、男たちはどこで私を犯すのかの算段を立て始めた。

これから三人の男たちに輪姦《まわ》されるのかと思うと、恐怖と絶望で身体が震える。涙が勝手に溢れ、止まらない。

「嫌……嫌よ……！」

「ほら、大人しくしろって」

男が笑いながら私の頭を撫でる。そんな行為ですら虫唾《むしず》が走るほど気持ち悪かった。

これから私はどうなってしまうのだろう。私は、正気を保っていられるのだろうか。いっそ壊れてしまった方が楽なのかもしれないと絶望に打ちひしがれていると、後ろの方から声がした。

「――お前たち、一体誰のものに触れていると思っている」

「あ……」

聞き覚えのありすぎる声に、流れていた涙がピタリと止まった。

目を見開く。

――まさか、でも。こんなところにいるはずがない。

だけど、私がこの声を聞き間違えるはずがない。まさかまさかと思いながらなんとか顔を後ろに向けるとそこには私が思い描いていた通りの人が立っていた。

――あっ。

燃えるような髪の男が、射貫くような目で男たちを見据えていた。

黄金の瞳は爛々と輝き、怒りを露わにしている。彼はいつもより派手さを抑えた装飾品の少ない服装をしており、彼が王子としてこの場にいるのではないことを示していた。

「シルヴィオ……」

思わず名前を呼ぶ。彼はチラリと私に目を向けたが、すぐに男たちを睨みつけた。

「お前たちが攫《さら》おうとしているその女は、このオレの婚約者だ。お前たちの汚らしい手で触れていい存在ではない。彼女を――クローディアを置いて、今すぐこの場から立ち去れ」

「っ……」

寒気がするような恐ろしい声だ。

シルヴィオが本気で怒っているのが分かる。彼の怒りの声に私は震えたが、男たちは全く気にしなかった。

「なんだ。今度は貴族の坊やか？　婚約者ってことは……へえ？　このお嬢ちゃん、本物の貴族だったってことか？　それはラッキーだな。ますます高く売れる」

「本当だな。きっと明日のオークションでは最高値がつくぜ？」

「その前に味見をしたかったんだが、貴族ということは処女か。なら、そのまま売った方がいい値段がつくな。そこだけは残念だ」

「……オレのクローディアを売る、だと？」

シルヴィオは表情をなくしていた。

怒りが限界を突破したのだろう。彼は無言で腰から剣を引き抜いた。それを見た、私を担いでいる以外の男たちは余裕たっぷりに腰に提げていた短剣を構える。

「大層なものを持っているようだが、ちゃんと使えるのか？　いくら剣が良くても、使い手がなまくらでは意味がないぜ？」

「――それは、その身をもって確かめるんだな」

低く呟いた次の瞬間、シルヴィオは一息に踏み込んできた。

「な⁉」

「速い……！」

予想外の速さに男たちが動揺する。シルヴィオは短剣を持った男たちには目もくれず、私を担いでいた男を剣の柄を使って昏倒《こんとう》させ、あっという間に私を取り返していた。

「――クローディアは返してもらったぞ」

あまりの早業に、何が起こったのか分からなかった。

気づいた時には私はシルヴィオに抱えられていて、ただ、目を瞬かせるしかできなかった。

「シル……ヴィオ……」

「どこまでもオレを振り回すお転婆め。だがそれでもお前でなければ駄目なのだから、嫌になる」

「……」

何も言えない私をシルヴィオは下ろし、庇うように立つ。

「オレの後ろにいろ。いいな？」

「う、うん」

慌てて頷く。私を取り返されたことにいきり立った男たちが、一斉にシルヴィオに襲いかかってきた。

「調子に乗りやがって……！」

「返せ！　その女は金のなる木なんだ！」

「クローディアは最初からオレのものになると決まっている女だ。お前たちに貸してやる気も触れさせる気も一切ない」

冷静な動きで男たちの短剣を弾き飛ばす。彼の剣筋は戦いのことなんて何も分からない私が見ても美しく、彼がいかに努力してきたのかが垣間見えた。

「たわいもない」

実に呆気なく勝負はついた。

シルヴィオに返り討ちにされた男たちは、技量の差を思い知ったのか、悔しそうにしながらも仲間を抱え逃げていった。

その場には私とシルヴィオだけが残される。破落戸たちの姿が完全に見えなくなり、私はへなへなとその場にへたり込んでしまった。

緊張が解け、身体から力が抜けたのだ。

「はは……ははは……」

——助かった。

もう、駄目かと思った。ドアマットヒロインよりももっと酷い目に遭うのかと、本気で覚悟していた。

その脅威が取り除かれ、今更ながら震えが襲ってきた。

「あ……」

ブルブルと勝手に身体が震え出す。自らの身体を抱き締めるも、止まらなかった。

「え……あ……どうして……」

もう心配することはない。分かっているのに、身体は恐怖を忘れないのか震え続ける。そんな私の肩に、暖かいものが掛けられた。

「あ……」

「……それでも着ておけ」

私の肩に掛けられたのは、シルヴィオの上着だった。黒いロングジャケットは今まで彼が着ていたからか暖かく、寒気さえ感じ始めていた私の身体に安堵を与えてくれた。

「無事でよかった……。捜したぞ、クローディア」

「えっ……」

てっきり怒られるものだとばかり思っていたところに掛けられた優しい言葉に、思わず目を見開き、彼を見つめてしまった。

「私のこと……捜したの？」

いなくなれば、それで終わり。

彼は私のことなど忘れ、前を向いているに違いないと思っていたのに。

「当たり前だ。この二ヶ月ほど、気が狂いそうな日々だったぞ。お前の足取りが消え、だけどどこを捜せばいいのか全然分からない。国中を駆けずり回り、隣国まで手を伸ばし、ようやく情報を得て来てみれば、誘拐されかかっているときた。お前はオレを殺す気か」

「そ、そんなつもりは……だって、私なんていなくなってもシルヴィオは平気でしょう？」

平気だ。平気なはずなのだ。

だが、シルヴィオはそれを否定する。

「平気なものか。お前が見つかった時に軽蔑されたくない思いで王太子としての仕事を続けたが、そうでなければとっくに投げ出していたところだ。オレは、お前がいなければ駄目なのだ。そんなこと、お前はとうに知っているだろう？」

「し、知らない。そんなこと……知るはずない」

ブンブンと首を横に振った。

だってシルヴィオは、女一人に縛られるようなキャラではないから。

それを作者である私は知っているから。

混乱する私に、シルヴィオが気遣うように言う。

「これ以上は、後にしよう。とりあえず、この場を離れる。文句はないな？」

「う、うん」

確かに、そうしてもらえるとありがたい。

シルヴィオがいるから平気だけど、またいつ彼らのような人たちが来ないとも限らない。

それは、誘拐されかかった私には酷く恐ろしいことだった。

立ち上がろうと足に力を込める。ふらつきはしたがなんとか立つことができた。

「あっ……」

転びそうになる。

シルヴィオが咄嗟に腕を出し、助けてくれる。そのまま彼は私を抱き上げた。

「シ、シルヴィオ……？」

「まだ動けないんだろう。無理はするな」

「……ありがとう」

平気だと言いたかったが、転びそうになった現場を目撃されてしまった後では強がりも言いづらい。大人しく礼を言うと、シルヴィオはふっと笑った。

「礼は要らない。お前が無事なら、それでいい」

「っ……」

優しい、私を気遣う声音に泣きそうになる。

彼の胸に顔を埋めながら私は思った。

――私の書いたシルヴィオは、こんなことをしてくれるキャラではなかった。まず助けに来てくれるような人じゃなかったわ。

ものすごく今更だとは思うが、そう、思ったのだ。

私の『シルヴィオ』はどうあっても、人を助けたりするような人ではない。

それは作者である私が一番分かっている。

彼は自信過剰で、そして我が儘で、他人を顧みない。

他人のものは自分のもので、自分のものは自分のもの。

自分だけが幸せであればそれでよくて、他人が不幸になろうとどうでもいいと笑っていられる男なのだから。

——じゃあ、それなら今、私を抱き上げている、彼は？

私を、助けてくれたシルヴィオは？

こんなの、もはや別人ではないか。

そんな風に思い、そういえば、この二年と少しの間で、そう感じたことが結構あったなと、ようやく今まで見ようとしなかった現実に向き合った。

彼は少しずつ、私の知る『シルヴィオ』から脱却していたではないか。

そして私はそれを見て、嬉しいことだと思っていたはず。

そうだ。成長した彼は、もはや、私が知る『シルヴィオ』ではない。

彼ならこうするという、作者にとっての当たり前が、全く通用しなくなっているのだから。

『シルヴィオ』は、努力するようなキャラではない。

『シルヴィオ』は、女性に愛を乞うようなキャラではない。

『シルヴィオ』は、好きになった女性を追いかけてくるようなキャラではない。

『シルヴィオ』は、気遣ってくれるようなキャラではない。

そう、全てが、私の知る『シルヴィオ』にはあり得ない行動なのだ。

「あ……」

私の知っているシルヴィオは、もうどこにもいないのだということに、私は今更ながらようやく納得することができた。

もはやシルヴィオを、私のキャラと呼ぶことはできない。

だって、彼が何を考えているのか分からない。作者なら分かって然《しか》るべきはずのことが全く分からないのだから。

「クローディア？　どうした？」

「う、ううん……なんでもない」

慌てて首を横に振る。

シルヴィオが、男の人に見えた。

自キャラだとしか思っていなかったシルヴィオが、突然、一人の男の人として目の前に現れた。

そんな風に感じた。

――何？　何？

頭の中が混乱する。身体が急に熱くなってきたように思える。

何だろう、これは。

自分で自分が分からないという状況の中、シルヴィオが私を抱えたまま、路地を出た。

「っ！　クローディアさん！　よかった、無事だったんだね！」

「あ……」

路地を出たところにいたのは、先ほど私を置いて逃げていったモーリスさんだった。

彼はホッとしたように私を見、それから私を抱いているシルヴィオへと視線を移した。

「……彼は？」

「……私を助けてくれたんです」

それ以上、どう説明すればいいのだろう。

まさか、隣国の王子ですと言うわけにもいかず困っていると、モーリスさんは不快げにシルヴィオを睨みつけた。

「彼女を助けてくれたことは感謝するよ。でも、彼女を放してくれるかな。どこの誰かは知らないけれど、いつまでも女性を抱いているのは失礼だと思う」

「……」

申し訳ないが、私を置いて逃げた彼にだけは言われたくないと思ってしまった。

複雑な気持ちになっていると、シルヴィオが喉の奥で笑う。

馬鹿にするような笑いに顔を上げると、彼はモーリスさんに言った。

「誰が放すか。これはオレの女だ」

「は？」

「ちょっと、シルヴィオ……んんっ！」

呆気に取られるモーリスさん。さすがに言い方があるだろうと思い、シルヴィオを諫めようとしたが、それは言葉にならなかった。

シルヴィオが横抱きにした私に、口づけてきたからだ。

奪うような口づけに頭の奥が痺れる。

抵抗しようと思えば、多分、抵抗できた。

頬を叩こうと思えば、それくらいの時間はあった。

だけどどうしてだろう。全く、拒絶する気が起きなかった。

モーリスさんには、触れられるのも嫌だと思ったのに。

シルヴィオに触れられるのは気持ち良くて、驚きはしたけれど、嫌悪なんて微塵も抱かなかった。

「あ……」

触れるだけの、だけどもとても長いキスが終わり、シルヴィオが唇を離す。

ぼうっとしていると、シルヴィオはニヤリと笑った。

「分かったか。オレたちはこういう関係だ」

「で、でも……クローディアさんは恋人はいないって……」

モーリスさんが泣きそうな声で言う。

シルヴィオがぎろりと私を睨んだ。

だけど私は、嘘は吐いていない。私はシルヴィオと恋人になったつもりはないからだ。

それでもなんとなく気まずくて視線を逸らす。シルヴィオは獰猛に笑いながら、モーリスさんに言った。

「そうだな。確かに、クローディアとオレは恋人ではない。オレたちは生まれながらにして決められた婚約者だからな」

「婚……約者？」

呆然とするモーリスさん。彼の目が縋るように私を見る。私は彼からも視線を逸らした。

「そんな……」

モーリスさんが、がくりとその場に頽れた。そんな彼に、シルヴィオは更に追い打ちを掛ける。

「一応言っておこうか。オレたちは近いうち、式を挙げる。何せ、オレたちの婚姻は、関係者全員が諸手を挙げて賛成しているからな」

「っ⁉」

近いうちに挙式するという言葉を聞き、反射的にシルヴィオを見る。彼は私と目を合わせない。ただ、モーリスさんを睨みつけていた。

「それで？　お前はオレのクローディアと一体どんな関係なんだ？」

「あ……」

「この、サニーウェルズ王国王太子であるオレとランティコット公爵令嬢であるクローディア。オレたちに、平民風情が言いたいことがあるなら言ってみるといい。言えるものなら、な」

「シルヴィオ！」

ここで己の正体を明かすというまさかの鬼の所業である。

さすがにシルヴィオを咎めたが、彼は私の声など聞いていない。ただ、己の敵と見定めたらしいモーリスさんを睨んでいた。

なんというか、獅子は兎《うさぎ》を捕らえるにも全力を尽くすという言葉を思い出した。

酷いタイミングで、私たちの正体を知ってしまったモーリスさんは、可哀想にブルブルと震えていた。

「……隣国の王太子殿下？　公爵令嬢？　嘘だ……だって、クローディアさんは親がいないって……」

「誰が言ったのかは知らんが、クローディアはれっきとした公爵令嬢だぞ？　クローディア、公爵が心配していた。心労でかなり辛そうだったぞ」

「……ごめんなさい」

父の話を出されると、謝るしかなかった。

私が彼の言葉に返事をしたことで、事実だと理解したのだろう。モーリスさんの顔色が目に見えて悪くなっていく。

「え……あ……」

声が掠れる。

王者の風格さえ纏《まと》わせながら、シルヴィオが尋ねた。

「それでは再度聞こうか。お前は、オレたちに何か文句でもあるのか？」

こういう雰囲気は、昔の彼には決して出せなかった。彼の成長を著しく感じる瞬間だ。

モーリスさんは動けない。

まさに、蛇に睨まれた蛙とでも言おうか。ただ恐怖でぶるぶると震えている。

圧倒的に格上の存在と対峙し、完全に心が折れたのだ。

パン屋の職人が、きちんと教育を受け、成長した王子に立ち向かえるはずなんて最初からないのだけれど。

「と、とんでもありません……も、文句なんて……」

「ならば、去れ。これ以上、お前の顔を見ていたくない」

「っ！」

モーリスさんは震えながらも立ち上がると、まさに脱兎《だっと》のごとく逃げていった。

シルヴィオの視界から一刻も早く消えたいという気持ちが、彼の真っ青になった表情からは滲み出ていた。

「ふん。この程度か」

「……シルヴィオ。大人げない」

鼻を鳴らすシルヴィオに、思わず言ってしまう。

一般人相手に、王族オーラ全開で挑めばどうなるか、今の彼なら分かっていたはずだ。

「お前に色目を使っていた。そんな奴に遠慮などするか」

「色目って……」

「違うのか？」

真っ直ぐに問い掛けられ、モーリスさんに告白されたことを思い出した。

黙り込んだ私を見て、シルヴィオが「やはり……」と獣のようなうなり声を出す。

「ちょっと、シルヴィオ」

「もっと徹底的に潰してやればよかった。まさかとは思うが、あの男と何かあったのではないだろうな？」

「ないって！　あるわけないから！」

潰すと言っているシルヴィオの顔が真剣すぎてものすごく怖い。

そしてそんなことよりも、私には聞きたいことがあった。

「――ねえ、シルヴィオ。どうしてこんなところまで来たの？」

今や、王太子としてきちんと立つシルヴィオは、決して暇ではない。

そんな中、彼が隣国まで私を捜しに来たというのは、俄《にわか》には信じがたかった。

シルヴィオは、大通りで待たせていた馬車に、私を抱えたまま乗り込みながら言った。

「言っただろう。お前はオレの女だからだ。オレの妃となる女。迎えに来るのは当然のことだ」

「……」

「もう、二度と逃がさないからな」

馬車の扉が閉まる。こうして私の数ヶ月に及ぶ逃走劇は呆気なく終わりを告げたのだった。

◇◇◇

馬車の中ですら、私を己の膝の上に乗せ、決して放そうとしないシルヴィオに、何度か「逃げないから放して欲しい」と言ったが一笑に付された。

曰《いわ》く、信用できないとのことで、否定できない私は黙り込むしかなかった。

「……」

車輪の音が聞こえる。さすがに王子が使う馬車だけあって、内装も何もかもが上質なもので取り揃えられていた。

「……ねえ、さっき、オレの妃となる、とか言ってたよね？　どういうこと？　私、婚約は解消して欲しいって手紙を置いてきたと思うんだけど」

実は屋敷を出る時、父とシルヴィオに手紙を残していたのだ。それには勝手なことをして申し訳ないということと、どうしても結婚したくないから婚約は解消して欲しい。私は死んだものと思って欲しいと書いていた。

「死んだものと思って欲しいって書いたのに迎えに来るとか、意味分かんない……」

「お前の残した手紙とやらは握り潰した。アレを読んだのはオレとお前の父親だけだし、公爵には忘れろと命じておいた。よって、お前はオレの婚約者で間違いない」

「何それ、きたなっ……」

握り潰したとか卑怯すぎる。

「なんでそこまでするのよ。私のことなんて、さっさと忘れて、誰か別の人と幸せになってくれたらいいのに」

そうしたら、全員が幸せになれる。

そう思ったのだが、思いきり睨まれてしまった。

「そんなことできるか。オレは、お前と結婚すると決めている。お前がいなくなったというのなら、見つかるまで捜すだけだ。他の女なんて要らない」

「いや、だからそこまで私に固執しなくてもって言ってるんだけど……」

シルヴィオの私に対する執着はちょっと異常だ。

何が原因でそこまで意固地になっているのかは知らないけれど、いい加減、手を放すことも覚えた方がいいと思う。

「固執なんてするに決まっている。オレは、お前を愛してるのだぞ？　もうとっくに、お前以外娶る気がないというところまできている。今更手放せるか」

「えっ……そこまで？」

本気で、解釈違いですと声を大にして叫びたい気分だ。

シルヴィオに、一途とか女性に対する執着心なんてものはなかった。

だから、私は逃げることを選択したのだ。

逃げてしまえば、きっとシルヴィオは私に対する興味を失う。そう思ったから。

「私の知ってるシルヴィオと違う……」

思わず、声に出して言ってしまった。聞こえていたらしいシルヴィオが眉を寄せる。

「お前が知っているオレというのは、何なんだ」

「え？　去る者は追わず、みたいな？　自分に興味がないならどうでもいいって感じ。追い縋って
くるイメージはないかなあ」

正直に告げると、シルヴィオは「ああ」と頷いた。

「確かにオレにはそういうところがあるな。それは否定しない」

「だよね」

「だが、それがオレの全てではないぞ。オレにだってどうしても失いたくないものくらいはある。

それを守るためなら、縋りもするし、全力で引き留めもする。当たり前だ」

「……」

それが解釈違いなんだけど、とはさすがに言わなかった。

違う、言えなかったのだ。

ここにいるのは、私が全く知らないシルヴィオだ。

さっきも思ったけど、今、はっきりと理解した。

彼はもう、私のキャラなんかではないのだ。

——そっか。そっかあ。

「クローディア。オレが愛を乞いたいのはお前だけだ」

「あっ……」

思索に耽っていると、シルヴィオは静かに唇を寄せてきた。避けようと思えば避けられるはずの

それを、何故か自然と受け入れてしまう。

「んっ……」

触れた場所が熱を持つ。

酷く、甘いような気がした。拒絶しようなんて思わない。むしろもっと欲しくて仕方なかった。

どうしてそう思うのか。

あまり、考えたくはない。考えたら、きっと終わりなんだろうなと分かっていた。

「クローディア、愛している。お前がいなくなったと知って、オレがどれだけ怖かったか。お前の意思など関係ない。もう絶対に逃がさない。あんな思いをするのは二度とごめんだ」

「……」

彼との口づけの余韻で、ぼんやりとしていた私は返事ができなかった。

「言っておくが、逃げても無駄だからな。どこまでも追いかけて、必ず連れ戻す。粘着質だと言われようが知るものか。お前が別の男がいいと言うなら、全力で邪魔をするし、その男は殺す。オレ以外との結婚など許さない。だから」

言葉を句切る。彼は私を見つめ、泣きそうな声で言った。

「頼むから、オレと、結婚してくれ」

「……」

縋るように私を見つめてくるシルヴィオを、じっと見返す。

初めて、まともに彼の求愛の言葉を正面から受け止めた気がした。

今までは、自キャラだという思いから、殆ど受け流していたのだ。

だけど、それは、消え去った。

私が作ったキャラと比べるのもおこがましい。

彼は彼で、私が作ったシルヴィオよりも、もっと複雑で人間的だ。私の想像するずっと先に彼はいる。

そして、そう考えることができるようになると、当然のことながらシルヴィオに対する見方も変わってくる。

立派な王子様に成長したというのに、私に執着し、愛を求める彼。

そんな彼を可愛いと、その思いを嬉しいと思ってしまったのだ。

彼から差し出された思いが偽物だとは思わなかった。偽物なら、彼はとうの昔に私を諦めていただろうから。

こうして隣国まで逃げたのに、それでも追いかけてきたことが、彼の強い気持ちを何よりも証明していた。

彼らしくもない、めちゃくちゃだけど、必死な口説き。

彼が真剣だということは分かっていたけれど、何だろう。一周回って妙に楽しくなってきてしまった。

何というか、それだけ求めてくれているのならもういいか、という気持ちになってしまったのだ。

そして、これはシルヴィオには秘密なのだが、私の好きな男のタイプに「一途な男」というのがある。

どこまでも真っ直ぐに私を追いかけ続けてくれたシルヴィオに、私はいつの間にか絆《ほだ》されていたのだろう。

自キャラだからと、自分の変化した感情に目を背け、必死に見ない振りをした。

あり得ないと、許されないと感じ、だからこそ彼から逃げ出したのだ。

捕まってしまえばきっと、彼を受け入れてしまうだろうと分かっていたから。

だけどもう、私を縛っていたものはなくなった。それなら、少しくらいはこちらから歩み寄ってみてもいいのではないだろうか。

だから私は言った。今までの私なら絶対に言わなかっただろう言葉を口にした。

「――いいよ」

結婚しても。

そう告げると、シルヴィオは信じられないものを見たような目で私を見、そしてぎゅうっと抱き締めてきた。

痛いくらいの力で抱き締められ、顔を歪めてしまう。

「シルヴィオ……痛い……痛いって……」

「本当だな！　オレと結婚してくれるんだな⁉　今更違うと言ったって、絶対に撤回なんてさせないぞ‼」

「え、あ、うん……」

クワッと目を見開き、いつもよりも早口でまくし立ててくる彼に、私は戦《おのの》きながらもなんとか頷いた。

途端、シルヴィオが歓喜の雄叫《おたけ》びを上げる。そのあまりの激しさに、私は「あっ、これは本当に逃げられないやつだ……」と悟ってしまった。

シルヴィオの反応がガチすぎて、今更冗談だよとは言えない。もちろん冗談ではないので、そんなことを言うつもりもないのだけど。

「帰ったら！　すぐに挙式にするからな!!」

「あーもう、はいはい。好きにしてよ」

全面降伏。諦めた。

これは、彼がここまで自身を追い詰めてしまうまで逃げ続けてきた私のせいだ。

加害者としての自覚があった私は、潔く、シルヴィオに捕まるという刑を受け入れることにした。

◇◇◇

馬車が向かったのは、叔父たちの屋敷ではなく、サニーウェルズ王国だった。

道中、それに気づき、シルヴィオに叔父たちの屋敷に寄って欲しいと頼んだ。

アメリアたちを置いてはいけない。

勝手に帰れば、彼女たちが心配する。私のことを今まで保護してくれた叔父たちにも申し訳が立たない。

それを言うと、彼は不承不承ではあるが、叔父の屋敷へ向かうことを許してくれた。

馬車が方向を変える。それにホッとしていると、シルヴィオが言った。

「しかし、こちらの国に親族がいるとは知らなかった。知っていれば、すぐにでも迎えに来たものを」

「叔父様が引っ越されたのは、シルヴィオと会う前だしね。婿入りしているから、知らないのも当たり前だと思うわ」

叔父夫婦に懐いていた私は、当時、叔父たちの引っ越しにかなり意気消沈したのだ。

「みたいだな。だから、なかなか捜索の範囲がこちらに及ばなかったのだ」

「ふうん？　でも、それならどうやって私がここにいるって知ったの？　ん、ちょっとやめてよ」

シルヴィオは、私が婚姻を承知したのがよほど嬉しかったのか、先ほどからものすごく上機嫌だ。

私を膝に乗せたまま、私の頰やら喉元に口づけてくる。

それが、まるで両想いのカップルのようで酷く恥ずかしかった。

いや、私、シルヴィオのこと好きだなんて一言も言ってないんだけど？

彼の中では、『結婚ＯＫ＝恋人になった』と認識されているらしく、先ほどから態度が妙に甘くなっている。

はっきり言って、突然の変化に、ついていけない。

「だから、やめてってば」

嫌ではないが、ベタベタするのは勘弁して欲しい。

そう思い、真面目にストップを掛けると、彼はキョトンとした顔で私を見てきた。

「どうしてだ？　ようやく婚姻を受け入れてくれた婚約者とイチャついて何が悪い？」

「……イチャつくのは違うと思う」

「オレはお前とイチャつきたい。だって、ずっとそうしたいと思っていたのだから」

「ずっとって……」

いつから、という思いを込めて彼を見つめ返す。シルヴィオは蕩《とろ》けるような笑みを浮かべた。

「ずっとは、ずっとだ。お前を好きだと自覚した時から、お前に触れたい、口づけたい、抱きたいと思っていた」

「……」

全くピュアさのないダダ漏れの欲望に絶句した。

本当に、シルヴィオってこんな人だったかなと、今日何度目かの疑問を抱いてしまう。

うん。自キャラだなんてもう思えない。

私のシルヴィオは、こんなことを言う人ではなかったからだ。

改めて納得していると、シルヴィオは目尻を下げ、愛おしそうな目で私を見てきた。

「愛している、クローディア。お前がオレとの結婚を受け入れてくれて嬉しい」

「……あ、うん」

一途に愛されるのは嬉しいが、ちょっとこれは甘すぎやしないだろうか。

できれば、もう少し遠慮して欲しい。そんな風に思ったが、シルヴィオはご機嫌で私を抱き締め、首筋に唇を押し当ててくる。時折、舌で舐《な》めてくるのは本当に勘弁してもらいたい。口から勝手に甘い声が上がって、恥ずかしくて仕方ないのだ。

「ん、だから、シルヴィオ……！」

「はあ……クローディア。好きだ……」

「……」

甘い吐息と共に名前を呼ばれ、私は、これは何を言っても無駄だなと諦めた。

とは言っても、聞きたいことは全部聞かなければ落ち着かない。

「……シルヴィオ、それで？　話は戻るけどどうやって私を捜したの？」

強引に話を戻す。

話を聞きたいのも本当だが、なんとなくこのまま甘い雰囲気が続くと、あまりよくない気がしたのだ。主に私の貞操的な意味で！

シルヴィオは残念そうな顔をしたが、私の疑問には素直に答えてくれた。

「……あの日、お前が逃げた翌朝、オレは公爵から連絡を受け、屋敷に駆けつけた。そうして、お前の手紙を見せられたのだ。状況を知ったオレは、すぐにこの件についての箝口令《かんこうれい》を敷き、まずは国中を捜した。公爵にも思い当たる節はないかと尋ねたんだが、修道院くらいしか娘が行くところを思いつけないと言われてな。だが、お前は二度同じ場所に逃げるような真似はしないだろう？」

「そうね。二度も迷惑を掛けたくないと思うわ」

修道女たちには、本当に迷惑を掛けた。申し訳なさすぎて、しばらくは近づくこともできない。寄付をすれば許してもらえるだろうか。

今後も手伝いをさせてもらえればと思うけど、あれだけの迷惑を掛けた後では、図々しい申し出であることくらいは分かっていた。

彼女たちのことを思い出し、項垂れているとシルヴィオが言った。

「だから、修道院はないと思った。しかしそうなると本気で国中を捜索するしかない。公爵と協力してお前の行方を捜していたが、一向に見つかる気配もない。それが少し前ようやくお前の行き先についてのヒントを得ることができた」

「どういうこと？」

首を傾げると、シルヴィオは言った。

「お前の行方を捜すための話し合いをしていた時、公爵が、お前がずいぶんと叔父に懐いていたという話をしたのだ。自分なんかより、よほど父親のように思われているみたいで妬ましかったとな。昔の思い出話だったのだが、一応、気になって、その叔父がどこに住んでいるのか聞いてみた」

なるほど、偶然だったわけか。

納得していると、シルヴィオは苦く笑った。

「返ってきた答えはスノウディア。まさか、と思った。だが、ここまで国内を捜しても見つからないのなら、足を伸ばしてみるのもいいのではないかという話になり、公爵はお前の叔父に早馬を出したのだ。娘は行っていないか、と」

「……でも、叔父様は何も言わなかったでしょう？　だってそう約束してくれたもの」

叔父は約束を破るような人ではない。だから、叔父から私の居場所がバレたとは思わなかった。

シルヴィオも私の言葉を肯定するように頷いた。

「言わなかったな。だが公爵は、だからこそ怪しんだ」

「え？」

——言わなかったから怪しい？

意味が分からないという顔をすると、シルヴィオは静かに言った。

「手紙にはこうあったのだ。『クローディアはこちらには来ていない。何かあったのか』とな」

「？　それの何が変？　普通じゃない」

何もおかしなことはない。

叔父は私を知らないと言った。そして、何かあったのかと聞き返した。

手紙の返事としてはごくごく当たり前のものだと思う。

「公爵は言ったのだ。弟は、娘をとても可愛がっていた、と。もし娘の行方を尋ねる手紙を出せば、弟ならきっと手紙を返すのではなく、本人が血相を変えて訪ねてくるはずだと。返書を持った使者が、急ぐ様子がなかったこともおかしいと思ったと。こんなに普通の対応はあり得ない。だから、弟が娘を匿《かくま》っているのではないか、と」

「……あ、あー……」

言われてみればその通り。確かに私が行方不明になったと叔父が聞けば、父が言うくらいのことはするだろう。

それくらい、叔父夫婦は私のことを可愛がってくれているからだ。そしてそのことを周囲は皆、知っている。

「話を聞いたオレは、すぐさま時間を作ってこちらにやってきた。お前の叔父夫婦の屋敷を訪ね、お前の行く先を聞いた。……彼らは口を割らなかったがな。お前のメイドを向こうで見つけたのだ。それで、お前がいることを確信した」

「……」

アメリアは叔父の屋敷でメイドとして働いている。そして、彼女の顔をシルヴィオは知っている。何故なら彼女はずっと私の側にいたから。私の側付きの顔を知っているシルヴィオが、私がいると判断するのも当たり前だった。

「さすがにこれ以上は嘘を吐けないと思ったのだろう。彼らはお前がパン屋で働いていることをオレに教えた。ようやくお前の足取りを得たオレは急いでお前を迎えに行き……何故かお前が誘拐されそうになっている現場を目撃することになったのだ」

「うん。それについては本当にありがとう。オークションで売られちゃうのかなって絶望していた時だったから助かった」

「オレの女を勝手に売り飛ばされてたまるか！　本当に間に合ってよかったと思ったぞ」

「そうだね」心から頷く。

年の離れたおっさんに性奴として売り飛ばされることがなくて本当によかった。

更に言えば、私を攫った男たちに輪姦されずに済んで、ほんっとうに！　よかった。

あの時は、本気でもうこれで私の人生は終わりなのかと思ったのだ。

とにかく、シルヴィオがいかに一生懸命私を捜してくれていたか、よく分かった。

「その……迷惑を掛けてごめんなさい」

逃げた時は必死だったが、終わってみれば、皆にたくさんの迷惑を掛けたのだということくらいは分かる。

しかも、結果的にシルヴィオに助けられたのだから、もう、私にできることは謝るしかない。

彼が来てくれなければ、今頃私は、あの男たちに喰《く》われていた。尊厳を踏みにじられ、正気でいられたかも分からない。

本当に危機一髪だったと改めて知り、身体が恐怖を思い出して震えた。

「……」

「大丈夫だ」

「シルヴィオ」

震え始めた私をシルヴィオが強く抱き締める。思わず縋るように彼を見た。

「お前のことはオレが守る。だから心配するな」

「うん……」

力強いシルヴィオの言葉が頼もしかった。

ゆっくりと力を抜く。深呼吸をすると、身体が落ち着きを取り戻していった。

私が平常心を取り戻したことに気づいたシルヴィオが、今後の話を始める。

「とりあえずは、お前のメイドの回収だな。それが終わったら、今度こそ国に戻るぞ。言っておくが、公爵家になど帰らせないからな。お前は城に留め置く。もう、父上にも了承は得ている。今更逃げようとするなよ？」

「え……」

ある意味、軟禁宣言とも言える言葉にシルヴィオを見る。

彼の金色の瞳はギラギラと輝いていて、「あ、これ、貪られるやつ……」と反射的に察した。

「え、ええと……あの……少しくらい屋敷に戻りたいなって……思うんだけど」

貞操の危機。まごうことなく貞操の危機だ。

まだ婚約者で結婚もしていないのに、貞操の危機を感じるとは何事とは思うのだが、どうにも彼の目を見るに、私の思い違いではないように感じる。

このまま城に連れていかれれば、きっと性的な意味で食べられる。

そう察した私はなんとか回避しようと頑張ったのだが、あっさりと反論は封じられてしまった。

「それでまた逃げられたらどうする。オレは、二度同じ過ちをするのはごめんだぞ。お前は城に連れていく。これは決定事項だ」

「……その……いやらしいことはしない？　それならまあ……行っても……」

念のため、釘を刺しておこう。でなければ安心できない。

そう思ったからの言葉だったのだが、返ってきたのはとてもいい笑顔だった。

「シルヴィオ⁉」

笑顔だけで返事をくれないのが怖すぎる。

咄嗟に逃げようとしたが、シルヴィオの膝に乗せられていた私が逃げられるはずもなく、抵抗虚しく、城に連れ帰られることになった。

「あ、あのね……できればちょっと待って欲しいというか……！」

城に着いた後、予想通りとでも言おうか、私は「ドナドナ」の歌詞のごとくシルヴィオの部屋へ連行された。

それどころか寝室に放り込まれ、竦み上がる。

「こ、心の準備が！」

「心の準備なら、オレから逃げ出したこの数ヶ月の間に済ませただろう」

「そんなわけないよね？　むしろ、逃げられたと思ったから、シルヴィオのことなんて思い出しもしなかったよね！」

「クローディア」

「ひゃっ……」

余計なことを言ってしまったと気づいた時には遅かった。

寝室の中を逃げ回る私を、シルヴィオはあっという間に追い詰め、捕まえてしまう。

手首を取られ、喉の奥から悲鳴が零れた。

「シルヴィオ……あの、今のは……」

「オレはこの二ヶ月の間、お前のことばかり考えて生きていたというのに、そうか、お前はオレのことなんて忘れて、楽しく暮らしていたと、そういうことなんだな？」

「えっ、いや、それは、その……」

シルヴィオを正視できない。思わず視線を逸らしたが、それが答えだと分かったのだろう。シルヴィオの眉がつり上がった。

「クローディア」

「やっ……でも、仕方ないと思うの。私はあなたと結婚したくなかったし。無事逃げられたのなら、今後の生き方を考えないといけないじゃない？　実際、思い出している暇なんてなかった」

自分がこれからどう生きていくのか。

叔父の世話になり続ける気がなかったのだから、何か自分にできることを探さなければならない。

それは当たり前のことだと思う。

だが、シルヴィオは怒りを露わにした。

「今後の生き方だと？　それがあのパン屋だというのか」

「まあ。雇ってもらえたし、楽しかったから、そういう道もあるかなあくらいには考えたわ。下働きだったから、才能のあるなしは分からず仕舞いだったけど」

誰にでもできるような仕事しかしていなかったので、本当に向いているかは分からなかった。

だけど、あれはあれで充実した時間だった。久しぶりに貴族令嬢ではない自分を体験できて、楽しかったのだ。

「公爵令嬢として生きてきたお前が、パン屋など無理だろう」

「それがね、そうでもないの。人には意外な特技というものがあるんだから。あのまま一般人として生きていくのも悪くないって思っていたわ」

「……オレを捨てて、か。その道はオレを捨てるほどの価値があるものだったのか」

低い声で咎められ、さすがに否定した。

「いやいや、人聞きの悪い。前にも言ったけど、捨ててなんていないから」

そもそも拾ってすらいない。

「オレのいない人生を歩もうとしたのだから捨てたで間違っていないではないか。それで？　お前はオレを捨てて、たとえばあの男と生きていこうとでも思ったのか？」

「あの男って……モーリスさん？　確かに告白はされたけど……って、あっ……」

察せられてはいたが、それでもはっきりとは言わなかったことをポロリと言ってしまい、慌てて口を押さえた。

だが、出てしまった言葉は戻らない。

嫌な予感がしつつも、そうっとシルヴィオを見ると、彼の目は明らかに怒りを湛えていた。

――うわっ。

「そうだろうなとは思っていたが、やはり告白されていたのか。あの男、殺してやればよかった」

ギリギリと歯ぎしりし、本気で悔しがるシルヴィオが怖い。

付き合う気は最初からなかったけど、モーリスさんの告白を断って本当によかったと思ってしまった。

もし、これで「彼は恋人です」と言ったらどうなったか。

冗談抜きで血の海ができあがりそうだ。

「王子が隣国の一般人を殺すとか、国際的にも大問題だからね？　ほんっと、やめてよ？　そんなことをすれば、せっかく立派な王子になったと思ってもらえてるのに、一瞬にして評価が地の底まで落ちるじゃない……」

必死で言いくるめる。

本当に、そんな愚かなことをすれば、彼のしてきたこれまでの努力があっという間に水の泡になってしまう。

そんなことはさせたくなかった。

「私、最初に言ったと思うけど、仕事を疎かにするような人はお断りだから。ちなみに、理不尽なことをする人も大嫌い。そんなことをするような人とは絶対に結婚しないから。その辺り、ちゃんと覚えておいてよ」

我ながら一国の王子相手に偉そうなことだ。

だけど、シルヴィオにははっきり言っておいた方がいいと思ったのだ。

シルヴィオはムッとしつつも私の言ったことに対し、頷いた。

「分かっている。お前がそれを望むのなら、叶えることは吝かではない。だから、お前の言う通りにするから、オレの言うことも聞いてくれ。お前が帰ってきたと実感したいのだ。頼む。——逃げないでくれ」

「……う」

どうやら私は彼の懇願に弱いようだ。

縋るような目に、少しだけだがときめいてしまった。

「クローディア、この通りだ」

「……分かったわよ」

折れた形ではあるが頷くと、シルヴィオは嬉しそうに笑った。無邪気な笑顔に、彼もこういう顔ができるんだと思ってしまう。

その表情が一瞬で変わった。猛獣としか言いようのない顔に、口の端が引き攣る。

——捕食される。

そう、本能が危機感を覚えたのだ。

「え？」

「それでは、お前をいただくことにしよう。ずいぶんと長くお預けされてきたからな。当然褒美として、存分に楽しませてくれるのだろう？」

「え？　え？」

「お前の中に、オレを刻み込んでやる」

「ひえっ……！」

色気ダダ漏れの目で見つめられ、硬直した。

ヤバイ。何がヤバイって、本気で貞操がヤバイ。

「ごめん！　私、やっぱり無理！」

自キャラ云々《うんぬん》とは、もう言うつもりはないが、恥ずかしすぎて無理。

「せ、せめて……そうだ！　結婚初夜まで待ってよ。普通はそういうものじゃない！」

結婚前に関係を持とうとする方がおかしい。

私の言い分は至極尤もなことだと思ったのだが、シルヴィオには笑顔で拒絶されてしまった。

「無理だ。もう、とっくに我慢の限界を超えている」

——我慢、とは。

舌舐めずりでもしそうな彼に、本気で震える。動けないながらもなんとか逃げようと頑張ったが、すでに腕を摑まれている状態では上手くいくはずもなく、逆に抱き締められ、濃厚な口づけをもらう羽目になってしまった。

「んんんっ！　んんん……！」

どんどんと胸を叩くも、離してくれない。

シルヴィオは己の舌で口内に割り入り、私の舌を搦《から》め捕る。私の全部を捕まえようとする口づけは頭がクラクラして、抵抗する気力を奪っていく。

「は……あ……」

碌に息もできず、ぐったりと彼の胸にもたれかかる。

シルヴィオはそんな私を満足げに抱き締めた。耳元に熱い息が掛かる。

「愛してる、クローディア」

甘い囁きが毒のように身体中に広がる。

そうして抵抗できなくなった私は彼にベッドに運ばれ——当然のように食べられた。

それは三日三晩に及び、なんとか放してもらえた時には、腰は激しい痛みを訴え、疲労と眠気で身動き一つ取れないような状態になっていた。

第五章　雨降って地固まるとはよく言ったもので

「……最低」

けほっと咳き込みながらも後ろから私を抱えるシルヴィオを睨む。散々啼《な》かされたせいか、完全に声が掠れていた。先ほど彼から手渡されたコップを口元に持っていく。中には水が入っており、痛んだ喉によく染みた。

「悪かった」

全然悪いと思っていない声が返ってきて、より一層腹が立った。思わず言ってしまう。

「嬉しそうに聞こえるんだけど」

「嬉しいからな」

サクッと肯定が返ってきて、溜息を吐きたくなった。

足の間はジンジンと痛むし、散々無理な体勢を取らされたせいか身体の節々も、少し動くだけでも痛みが走る。

シルヴィオがかなり気遣って抱いてくれたのは分かっていたが、回数が回数だったので、その気遣いは露と消えた。少なくとも今日一日は、ベッドから出られないと思う。

「これでお前はオレの嫁になるしかなくなった。嬉しくないはずがないだろう」

私の処女を奪い、子種を注いだことを言っているのだろう。

確かに彼の言うことは間違っていないのだが、こちらは辛いと言っているのに、喜ばれると文句の一つも言いたくなるというものだ。

「シルヴィオががっついたせいで、私は動けないんだけど」

「責任は取る。後で風呂にも入れてやろう」

「シルヴィオと入ると、またエッチなことをされそうだから嫌」

「風呂でというのも悪くないと思ったが、それは残念だ」

「あのねえ……」

浮かれきったシルヴィオは、デレデレと鼻の下を伸ばしていた。これが、今や将来有望な王太子というのだから、嫌になる。

私はひっきりなしに襲ってくる腰の痛みに泣きそうになりながら、「ああ、ついに捕まってしまったなあ」と思っていた。

さすがに既成事実を作られては、彼から逃げることは不可能だ。

何せ、彼は避妊をしなかった。つまり彼の子ができている可能性があるのだ。それを知った王家が私を手放すはずがないし、私にも逃げる理由はもうない。

仕方ないかと結婚に承諾したのは事実だが、私なりに納得して頷いたのだ。ここまで来て、更に逃げようなどとは思っていなかった。

シルヴィオが私の髪に顔を埋めながら言う。その声はとても幸せそうだった。

「ようやくお前がオレのものになったと思ったら嬉しくて。クローディア、オレとずっと一緒にいてくれ」

「いるしかないでしょ。さすがにもう諦めたわよ」

「結婚するよな？」

「しつこい。するって言ったでしょ。二言はないわよ」

「……よかった」

スリスリと後ろから頬ずりされ、力が抜けた。

——ああもう、これは完全に絆されている。

だけど、嫌な気分ではなかった。

私がいないと嫌だと駄々を捏《こ》ねるシルヴィオを、仕方ないと受け入れてしまった時点で私の負けなのだ。

それに、シルヴィオには秘密だが、彼とした行為だって悪くなかった。

ひたすら長かったのには辟易《へきえき》したし、勘弁してくれと思ったが、彼との行為自体に嫌悪はなかったし、途中からはすごく気持ち良かった。

結婚する相手とのエッチが嫌ではないというのは、とても重要な要素だと思う。

それに、それにだ。

これが一番重要なのだが、どうせ私はシルヴィオとしか結婚できないだろうと思うのだ。

彼が今更私を手放すとは到底思えないし、逃げたところで追いかけてくることは、今回の逃走劇で思い知った。

遅かれ早かれ、捕まるのだ。

結果が分かっていてまで逃げようとは思わない。

つまり私はどうあってもシルヴィオとしか結婚できないということ。

逃げても捕まるから独身を貫くことも許されない。

結末が同じなら、もう諦めが肝心なのではないだろうか。

だから、私はシルヴィオに言った。

「あなたと結婚するわ、シルヴィオ。でも、一つだけ。結婚したところで私の性格は変わらないし、大人しくなんてしないわよ。猫なんて被ってあげない。それでもいいのなら――――仕方ないからずっと一緒にいてあげる」

事実上の、負け宣言。

私の言葉を聞いたシルヴィオは目を瞬かせ、すぐに首を縦に振った。

「もちろんだ。お前に変わって欲しいとは思っていない。今のままのお前がオレの側にいてくれるのならそれでいい。いや、それがいい」

「趣味、悪いわね」

本気で思ったのだが、シルヴィオは否定した。

「いや、オレは世界で一番、女の趣味がいい男だと思う」

「……そう」

本人がそう思っているのなら、それはそれでまあ……いいか。

私はこれ以上、何か言うのを諦めた。

◇◇◇

シルヴィオとの婚姻を本心から受け入れたのが功を奏し、数日後には、私は城内であればという条件をつけられたものの、比較的自由に過ごせるようになっていた。

とはいえ、護衛というか見張りのようなものはついてくる。

前科があると自覚している私は、それを大人しく受け入れるしかなかった。

そういえば、城に連れ戻される前、なんとか叔父の家に寄った時のことだが、頭を下げながら事情を話すと、「原因は痴話喧嘩だったのか……」と叔父夫婦にボソリと言われた。

断じて違うと言いたいところだったが、叔父には申し訳ないほど世話になっているし迷惑を掛けている。言い返したい気持ちを堪え、「すみません」と大人しく謝るしかなかった。

シルヴィオがいいと言ってくれたので、アメリアは城で雇われることになった。

勤め先がコロコロ変わって申し訳ないのだが、私としても彼女に来てもらえるのは嬉しい。

アメリアも「ここまで来たんですから、最後までお嬢様にお付き合い致します」と笑って城に来ることを了承してくれた。

アメリアの兄にも、もし良ければと申し出たのだが、彼はそのまま叔父の家に留まることになった。

兄が一緒ならアメリアも喜ぶと思ったので残念だが、それが彼の意思だというのなら仕方ない。アメリアも「兄が望むのなら」と納得していた。

両親とも、シルヴィオから解放された後、一度だけではあるが会った。

迷惑を掛けたことを謝ると、父には「お前の行動力を舐めていた」と真顔で言われた。あと、「こんなお前を殿下の思いのままになるような娘に育てあげようと考えた私が愚かだったと、改めて反省した」とも言われたが、それについてはどういう意味だと問い質したい気分になった。

私は、私なりに猫を被っていたというのに、全くもって心外である。だが心配して、一生懸命私を捜してくれたのは事実だ。

頭を下げる私に父は「終わってみれば、これで良かったのかもしれん」と遠い目をしていた。

「殿下は、お転婆でどうしようもないお前を望んで下さっているようだからな。私の教育が失敗に終わったのも、結果的に見れば正解だったのかもしれない。クローディア。殿下の他にお前をもらって下さる方なんていないのだから、よくよくお仕えするように」

諦めた口調で言われてしまい、非常に複雑な気持ちになった。

確かに父から見れば、お転婆三昧にしか見えなかったであろうが、私にも私の事情というものがあったのだ。

どうにかして、シルヴィオの結婚相手という位置から退きたかった。

そのためにやっていたことなのだが……まあ、結果として意味がなかったのだと思えば、これまで私がやってきたこととは？　と落ち込みたくなってしまう。

私はその他にも、迷惑を掛けた人たちに謝罪をして回った。そしてその度に、自分がどれだけ愚かなことをしたのか気づかされ、ブルーな気持ちになった。

——もう二度と、家出はしない。

隣国を捜索するために、わざわざ向こうの国王に捜索許可をもらっていたと聞けば、心から反省するよりなかった。

そんなこんなで、私なりに忙しく動き回っているうちに、更に二週間が経った。

住居は城に移ったが、アメリアも側にいるし、気持ちはかなり安定している。

今は、シルヴィオの騎士であるロイドが散歩する私の少し後ろを歩いていた。

シルヴィオは、外せない会議とやらでここにはいない。

ロイドは、シルヴィオから直々の命を受けて、私に張りついているのだ。

もう逃げないと言っても、信用がないことは分かっている。護衛という側面もあるので、受け入れるしかない。

城の中庭は花というよりも緑が多い印象だった。

木立が多く、庭なのに森の中にいるような気分になる。緑特有の匂いが心地好かった。

「リラックスできるわ……」

立ち止まり、ぐっと伸びをする。

森林浴は、鬱屈とした気分を吹き飛ばしてくれる。時折香る花の匂いに心が安らいだ。

「これで、謝らないといけない人、全員に謝ったかな……」

シルヴィオが箝口令を敷いていたとはいえ、謝らなければならない人たちはたくさんいた。その一人一人に謝って回ったのだが、あと何人くらい残っているのだろう。

そんなことを思っていると、後ろを歩いていたロイドが言った。

「全員、回られたと思いますよ。そこまでされる必要もなかったのに」

「迷惑を掛けたのは事実だもの。謝罪するのは当然だわ」

あの時の私に、逃げる以外の選択肢はなかった。そうしなければ、シルヴィオに捕まっていただろうから。そして、あの時の私はまだ、彼に捕まってもいいとは思えなかったのだ。

だから逃げたこと自体を反省はしない。私には必要なことだったから。だけど私がした行動で、色々な人に迷惑が掛かってしまった。そのことについては謝らなくてはならないのだ。

「あなたは本当に突拍子もないことをなさいますね」

「それだけ必死だったってことなんだけど。でも、もうあんな真似はしないわ」

シルヴィオから逃げることはもうない。

そう言うと、ロイドは満足そうに頷いた。

「ええ、そうして下さい。あなた以外に殿下のお妃は務まらないのですから。何度逃げられても、私たちは追いかけるしかありません。早急に諦めていただく方が、互いのためになるかと」

「それね。どうしてそんなに『シルヴィオと結婚を！』みたいなことになったのかしら。私、本当に何もしていないのだけど」

　いやみを言っては追い返していた。それだけのように思う。

　だが、ロイドは笑顔で首を横に振った。

「あなたは、私たちが誰一人できなかったことをして下さった方ですから。私たちは殿下を諫めることができても、やる気にさせることはできなかった。殆ど手を放してしまった私たちに、あなたは殿下の可能性を見せて下さったのです。まだ、殿下は立ち直れるのだと。そんなあなたに殿下のお妃になっていただきたいのは当然のこと」

「……」

「あなたがいて下さったから、殿下はまともになった。だからあなたがいなくなると、駄目な殿下に戻ってしまう。それでは困るのです。どうか側にいて差し上げて下さい。これは、我々全員の総意です」

「私がいなくても、大丈夫よ。シルヴィオは、そんなに弱くない」

「本当に、そう思われますか？」

　じっと見つめられ、私は苦笑した。

　嘘は通用しないな、とそう思ったのだ。

「弱くないとは思うけど、私がいないと駄目なんだろうなというのは、最近分かるようになった気がする」

「ええ、その通りです。ですから、あなたが殿下を受け入れて下さって感謝しています。あとは挙式だけ。陛下も、一刻も早く正式に結婚させたいとおっしゃっておられますよ」

「凄まじいまでの外堀の埋められ方よね。もう諦めたからいいけど」

クスクスと笑う。ロイドがじっと私を見つめてきた。

「何？」

「あなたは、殿下のことがお嫌いですか？」

「へ？」

唐突に聞かれ、私は目を瞬かせた。

気を取り直し、笑顔で言う。

「嫌いなわけ、ないじゃない」

もし嫌いなら、捕まることをよしとしたりはしない。それくらいには自分は諦めが悪いと知っている。

「どうしてそんなこと聞くの？」

「それはもちろん、あなたが何度も殿下から逃げ出したからでしょう。それが今は結婚するとおっしゃっている。その真意がどこにあるのか、聞きたいと思ってもおかしくないと思いますが」

「そうね……」

確かにそれはその通りかもしれない。

だけど、きっと誰も本当の意味で、私が彼の愛を拒絶していた理由は理解できないと思うのだ。

理解してもらおうとも思わないけど。

今の私は、彼を受け入れてもいいと思っている。

だから求婚にも頷いたし、彼に抱かれた。それが全てだ。

シルヴィオのことを思い出し、ふっと笑う。ロイドが「ああ」と納得したように頷いた。

「今、分かりました。あなたはちゃんと殿下を愛していらっしゃるのだと。お顔が、そう、おっしゃっておられましたから」

「え……」

唐突に告げられた言葉に、目を瞬かせる。

——私が、シルヴィオを好き？

考えもしなかった『好き』という単語が、まるで未知の言葉のように思える。

シルヴィオを受け入れる、受け入れない。

私はずっと、その二択ばかりに捕らわれて、とても単純な、自分が彼を『好き』かどうかという気持ちの方を完璧に忘れていた。

だけど、言われてみればそうかもしれない。

どうして、彼を受け入れることができたのか。

そんなの、彼を好きになっていた以外にあり得ないのだから。

「……」

第三者に指摘されるまで気づけなかったという事実に頭を抱えたくなる。

——そうか、私、シルヴィオのことが好きだったんだ……。

「はは……ははは……」

いつからだろう。

いつから、私は彼のことが好きだったんだろう。

最初に告白された時は、多分、違う。

あの時は、本気で困った。

自キャラに告白されても、答えられないと困惑した。

だから違う。

だとしたらいつだ。

「……」

私は考え、そして多分、これだなという出来事を思い出した。

それは、私が最初に逃げた時だ。

シルヴィオが修道院まで追いかけてきてくれた時。

神様に仕えようとする私を奪い返し、熱い思いをぶつけるように口づけをしてきたあの時だと思う。

私を誰にも奪わせまいとする彼の熱に、私はきっと落とされてしまったのだ。

だから、口づけを嫌だと思えなかった。

私を見つめる一途な目を、嬉しいと思ったから。

「なんてこと……」

気づいてしまえば、乾いた笑いしか出ない。

私が彼を好きになったのがあの時だったのだとすれば、隣国まで逃げる必要なんてなかったということになるのだから。

でも確かに。

思い当たる節はある。

モーリスさんに告白された時、私は彼とシルヴィオをやたらと比べた。そして、シルヴィオの方がいいと思っていたのだ。

それがどうしてだったのか、今なら分かる。

——好きな男と目の前の男を比べていたってことよね。最低！

つまりはそういうことだ。

自分の心情を理解し、ぐったりとした私に、ロイドが話し掛けてくる。

「クローディア様？　どうなさいましたか？」

「なんでもないわ。ただ、自分が馬鹿だったんだなあって思っただけよ」

なんだか酷く疲れてしまった。

緩く笑みを浮かべ、ロイドを見る。

ふと、思った。

本来なら、私の相手は彼だったはずだ。

シルヴィオの酷い扱いに壊れてしまった私を迎えに来る王子様役は彼だったはず。

優しく深い愛情をもってクローディアを支え、彼女と共に未来を作る。

だけど、今のロイドを見ていても、彼がそんな役目を担っているようには思えない。

彼は徹頭徹尾、私とシルヴィオが上手くいくことが嬉しいという態度を崩さなかったし、今も、本心から喜んでくれている。

シルヴィオを見捨てるなんてこともない。彼は忠実な側仕えの騎士のままだ。

彼もまた、私が作ったストーリーから外れた人なのだ。まあ、それを言い出すと、もはや全員が物語とは関係ないということになるのだろうけど。

「ああ、そっか」

唐突に気がついた。

捕らわれていたのは、私の方だったのだ。

ずっと『話』に捕らわれていたのは私だけで、皆はとうに私の作った話から自由になっていた。

気づかなかったのは私だけ。

自キャラなどと呼べなくなっていた彼らに気づかず、私はたった一人で自分の物語に縛られていた。

そのことにようやく気づけた。

「本当にどうしたんです?」

独り言のように呟く私に、ロイドが怪訝な顔をする。そんな彼に笑って言った。

「本当になんでもないの。ただ、皆、自分の思う通りに生きているんだなあって気づいたって、それだけ」

「……クローディア様のおっしゃることは時々、意味が分かりません」

困惑するロイドに、そうだろうなと申し訳ない気持ちになる。

別に彼に分かってもらう必要はない。

私が気づいた。それが大事なのだから。

——ああ、自由だ。私は、自由なんだ。

ようやく全てから解き放たれた。そんな気持ちになった。

「良い天気ね、ロイド」

空を見上げる。

唐突に話題を変えた私に、ますます怪訝な顔をするロイド。

そんな彼に申し訳ないと思いながらも私は、シルヴィオにはまだ「好き」という言葉は言ってやらないでおこうと心の中で決めていた。

知らない間に落とされていたことが悔しかったから、という本音は秘密。

これはちょっとした仕返しなのだから、彼はもう少し、やきもきするといいと思うのだ。

終章　いつまでも気づかない愛しいあなたへ

時は過ぎ、それから更に、一年が経った。

今日、私はこの国の王太子であるシルヴィオに嫁ぐ。

挙式に至るまで一年かけたのは、万全の式にしたかったから。王太子の結婚式ともなると、周辺諸国にも招待状が送られる、外交としての側面もある。

その結婚式を適当なものにするなど、できなかったのだ。

シルヴィオは一刻も早く結婚式をしたがったが、理を説かれれば退くしかない。

昔の彼ならそれがどうしたと一蹴して、強行したかもしれないが、今の成長したシルヴィオにそれはできない。

自分の希望と、国の体面。色々なことを考慮して、一年後に挙式ということで頷いたのだ。

すごく、残念がっていたけど。食いしばりすぎて、唇から血が滲んでいたけれど。

……どれだけ残念だったんだと思ってしまう。

「お嬢様、お綺麗です」

「ありがとう、アメリア」

一年前のことを思い出していると、私の支度を最後まで手伝ってくれたアメリアが、目を潤ませながら私を見つめてきた。

私が着ているのは、裾の長い、白いウェディングドレスだ。マーメイドラインの大人っぽいドレスは、ビスクドールのようだと褒め称えられるクローディアの容姿によく似合っている。

胸には、彼から以前もらった三連のネックレスを。

大きな宝石がいくつも使われているので、ウェディングドレスにも問題なく合っていた。

「お嬢様がこうして無事、殿下とご結婚なされること、心よりお喜び申し上げます」

「ありがとう。アメリアにはたくさん迷惑を掛けたものね。これからもよろしく」

「勿体ないお言葉……」

アメリアは、結婚後は王太子妃付きの女官となることが決まっている。彼女と離れたくなかった私のために、シルヴィオが根回ししてくれたのだ。

目を潤ませるアメリアに笑みを向ける。ちょうどそのタイミングで扉がノックされた。

返事をすると、正装姿のシルヴィオが入ってくる。

「用意はできたか?」

彼の礼装姿は初めて見るが、溜息が出るほどに麗しい。

いつもは黒と赤を好む彼は、今日は白いロングジャケットを着ていた。

裏地は赤で、彼の髪色とよく合っている。

彼は普段とは違い、白い手袋を嵌めていた。

そんな彼は私を見ると、ふわりと表情を緩めた。

「よく、似合ってる」

「ありがとう」

なんとなく、気恥ずかしい。

アメリアから渡されたブーケを持ち、シルヴィオと一緒に部屋の外に出る。二人で挙式の会場へと向かうのだが、赤い絨毯の上を歩いていると、シルヴィオがポツリと言った。

「オレのことを、一生かかってでも好きにさせてみせる」

「え？」

「覚えておけ。絶対に、お前を惚れさせてみせるからな」

「……」

真顔で言われ、私はポカンと口を開けてしまった。

——何を言っているのだろう。この人は。

本気で意味が分からなかった。

「えーと、シルヴィオ？」

「お前が、オレがどうしてもと言うから結婚に同意してくれたのは分かっている。だがオレはそれにあぐらをかくつもりはないと、そう言っているのだ」

「ああそう……そういう風に受け取ってたんだ……」

ちょっと驚いた。

てっきりシルヴィオは、とうに私の気持ちなど気づいているものと思っていたから。

だって、彼と暮らすようになって一年。

その間、何度も夜を共にしてきた。その反応を見て、分からないだろうか。私が彼に惚れていると。普通に、気づくと思うのだけれど。

それに、それにだ。

「あのねえ、私、あれから一度だって逃げていないでしょう？　今日だってこうしてあなたの隣に立っているし」

「ああ。だがそれはオレが望んだからだろう？　オレはお前を愛しているが、お前はそうではない。友愛に近い感情を抱いてくれているかもしれないが、それはオレの望むものではないしな」

「だから、違うんだってば。ええ？　本気で分かってなかったの？」

「何の話だ？」

冗談か何かかと思ったのに、シルヴィオは本気で首を傾げている。挙式直前だというのに、頭を抱えたくなってしまった。

元はと言えば、私がシルヴィオには秘密にしておこうと一年も『好き』を封印していたせいなのだけれど、それにしても私の気持ちはわりと分かりやすかったと思うのだ。

ロイドも、なんならアメリアだって分かっていた。

気づいてないのはシルヴィオだけ。

それともこの一年、私を口説くのに必死で、そこまで考えが及ばなかったのだろうか。

まあ、それはあるかもしれない。

だとしたら、私の責任と言えなくもない。

さっさと『好き』と言っておけばよかったのに、落とされたのが悔しいからと一年も黙っていたのだから。

でも、察して欲しい。

改めて、好きと告げるのは、なんだかとても恥ずかしいではないか。

とはいえ、自分で言わなければ気づいてなんてもらえないのだけれど。

それも、分かっている。

だから。

——うん、ま、いいでしょう。

もう、結婚式なのだし。

そろそろ彼に、私の真実を告げても。

恥ずかしいとか言っている場合ではないのだ。

ここで勇気を出さずして、いつ出すというのか。

私は未だ不思議そうに私を見つめるシルヴィオに、今できる最大限の笑顔と共に告げた。

「だからね、今更だって言ってるの」

「？」

まだ分からない様子のシルヴィオに、焦れったい気持ちになってくる。

——本当、こういう時は鈍いんだから。

ぱっと察してくれればいいのに。

だけどそれは、私の都合のいい願いだと分かっていた。

ドキドキする気持ちを落ち着かせるため、すうっと息を吸う。

そして、シルヴィオを見つめ、はっきりと言った。

「だから、とっくに好きになってるって言ってるの。でなきゃ、私は今ここにいないわよ！」

「クローディアっ！」

「ぐえっ‼」

隣を歩いていたシルヴィオが、突然私を抱き締めた。

強すぎる力に、女らしくない格好悪い呻き声を上げてしまう。そんな私の様子にも気づかないシルヴィオは、喜色を浮かべ、泣き笑いのような声で言った。

「あはは……ついに、ついにクローディアがオレのことを好きだと言ったぞ……！　夢じゃない……夢じゃないんだ！」

「……馬鹿ね。夢なわけがないでしょう」

シルヴィオの目が潤んでいた。それを見ていると、なんだか私まで涙が込み上げてくる。

シルヴィオが、蕩けるような笑みを浮かべて私に言った。

「クローディア、愛してる」

それに対する私の答えは一つしかない。

「はいはい、私も愛してるわ。私の王子様」

甘い口づけが降ってくる。


きっとこれが、私のハッピーエンド。

原作のクローディアとは辿り着いたエンドは違うし、もはや、話なんて何も関係なくなってしまっている。

皆、好き勝手生きているし、私だってそう。

ただ、大好きな人と結婚した、それだけ。

でもだからこそ、私は私が辿り着いたこの道を、これからも全力で守り続けたいと思っている。

あとがき

初めましての方も、いつもの方々もこんにちは。月神《つきがみ》サキです。

この度は、拙作をお求めいただきありがとうございます。

今回はピンクの方ではなく、ピュアの方となります。

性描写がありませんので、十八歳以下の方も安心して読める仕様です。

最後のあたり、「えっ、ここ、R入らないの？」と言いたくなる場面がありますが、入りません。そういうことがあったんだな、と脳内補正していただければなと思います（笑）。

このお話は自作の『ドアマットヒロイン』に転生してしまった女の子がヒロインです。『ドアマットヒロイン』。あまり馴染みのない言葉ですが、よくWEB小説をお読みになっている方はご存じではないでしょうか。

いわゆる『虐げられヒロイン』のことです。

これはそんなヒロインが逆境を乗り越え、幸せを掴む……という、シンデレラストーリーではなく、そうならないように頑張ろうという話です。

しかしこの話、ヒーローとヒロインの関係が今まであまり書いたことがない感じでとても楽しかったです。

どう見てもケンカップル。ケンカップルなんて私の作品にあったかしら。

ヒロインに好かれようと頑張るヒーローが、書いていてすごく楽しかったです。

逃げるヒロイン、追うヒーローという私の性癖にも合致し、あっという間に書けた話ですが、皆様にも楽しんでもらえたらなと思っています。

今回、挿絵はまち先生にお願い致しました。

シルヴィオが想像通りというかドンピシャで、担当様と「シルヴィオだー！」とものすごく驚きました。

頭の中にあったイメージをそのまま描いて下さったような素晴らしいイラストの数々、お忙しい中、本当にありがとうございました。

さて、次回はまた『ピンク』の方になると思います。

『異世界で恋をしましたが、相手は竜人で、しかも思い人がいるようです』の2巻です。

王位継承のため、ウェルベックとソラリスが地上に降り、イチャイチャや嫉妬をしつつ、冒険を繰り広げる予定となっておりますので、よろしければそちらもお願い致します。

最後になりましたが、この本に関わって下さった全ての皆様に感謝を込めて。

また次回もお会いできますように。

ありがとうございました。

月神サキ

ドアマットヒロインにはなりません。王子の求愛お断り！

著者　月神サキ

2020年8月5日　初版発行

発行人　神永泰宏

発行所　株式会社 Jパブリッシング
〒102-0073　東京都千代田区九段北1-5-9 3F
TEL 03-4332-5141　FAX03-4332-5318

製版　サンシン企画

印刷所　中央精版印刷株式会社

ISBN:978-4-86669-317-0
Printed in JAPAN